侯爵に言えない秘密

アンナ・クリアリー 作

すなみ　翔 訳

ハーレクイン・ディザイア

東京・ロンドン・トロント・パリ・ニューヨーク・アムステルダム
ハンブルク・ストックホルム・ミラノ・シドニー・マドリッド・ワルシャワ
ブダペスト・リオデジャネイロ・ルクセンブルク・フリブール・ムンバイ

AT THE BOSS'S BECK AND CALL

by Anna Cleary

Published by Harlequin Japan, a Division of K.K. HarperCollins Japan, 2016

アンナ・クリアリー

　ジェイン・オースティンとジョージェット・ヘイヤーを崇拝し、作家になる夢を諦めきれず、友人からロマンス小説を書いてみようと言われたとき、喜んでその誘いに応じた。読書のほか音楽鑑賞、映画鑑賞や友人とのおしゃべりを楽しんでいる。

主要登場人物

ララ・メドーズ……………………出版社の編集者。
ヴィヴィアン…………………………ララの娘。愛称ヴィヴ。
グレタ…………………………………ララの母親。
アレッサンドロ・ヴィンチェンティ……ララの勤務先の新社長。ヴェネツィアの侯爵。
ドナチューラ…………………………アレッサンドロのアシスタント。
ジュリア………………………………アレッサンドロの元妻。

1

あせってはだめ。まだ、ほんの少ししか遅れていないわ。

シドニーの冬の朝、ラーラ・メドーズは暖房の効きすぎたバスをジョージ・ストリートで降りると、震えながら交差点の信号が変わるのを待った。チャコールグレーのスーツに膝までのスエードブーツをはいている。それに、少々のことでくじけるわたしではない。

おまけに勇気はあるし、美しい――少なくとも外見は。下着姿で噴水に飛びこめば、いまでもハリウッドの三流女優顔負けの写真が撮れるはず。しかし自慢できるのもそこまでだ。濡れた髪にかつての張りはなく、輝くような魅力も失われつつある。それでも、まだまだ大丈夫。

そう思いながらも、ラーラは無意識に首筋の傷跡に手をやった。

だいたい、出版業界で要求されるのは容姿ではなく、賢さとプロとしての確かな目だ。その点でもわたしは仕事ができるし、自分の意見も持っている。

だったらなぜ、こんなに緊張しているの？

アレッサンドロだってひとりの男性にすぎないし、六年前は彼を恐れたことなど一度もなかったのに。

ラーラはスティレット出版社の建物のガラスドアを入って、エレベーターに向かった。周囲を見まわしたが、同じフロアで働いている同僚たちの姿はどこにも見えなかった。きっとみんないまごろ階上の会議室に集まり、地球の裏側からやってきた重役たちに、自分たちがいかに時間を厳守するかを印象づけようとしているに違いない。

わたしだって遅刻などしたくはなかったけれど、ヴィヴィの髪を編むのに時間がかかってしまった。それに、五歳の子が学校に行く途中で興味を示す生き物をすべて無視する親がどこにいるだろう。

ラーラはアレッサンドロの我慢強くておおらかな性格を思い出そうとした。彼ほど気をつかわずにすむ上司はいないはず。

誰かがアレッサンドロに、彼の人生を左右しかねない事実を伝えたりしていなければ……。

アレッサンドロ・ヴィンチェンティは、震える秘書の手からファイルを受けとり、礼儀正しく礼を言った。前社長の置き土産である秘書は、自らの行く末を案じてか、ドアのそばでちぢみあがっていた。そんな秘書に彼はやさしくほほ笑みかけた。弱い者いじめは彼の意図するところではないし、人生は穏やかに過ごすに越したことはない。

革製の大きな椅子の背にもたれて、おもむろにファイルを開く。オーストラリア人には面白いところがあって、奥地に住む反逆者にあこがれる一方、実際の政治家は嫌うのだとか。そんな反逆者を、親しみをこめて呼ぶ言葉があったはず。そう、無頼だ。オーストラリア人は無頼が好きなのだ。

アレッサンドロは、全員の士気を高めるためのスピーチを前に、すべての部署のファイルに目を通した。だが、ファイルはどれも驚くほど薄っぺらだった。いったい全体（ディオ）、この会社の記録保管業務はどうなっているのか。

編集部の社員の書類に目を通していると、いきなりある名前が目に飛びこんできた。そのとたん、長いこと忘れていた多くの思い出がよみがえってきた。太陽が降りそそぐ浜辺でのけだるい午後。ブロンドの髪のまぶしさ、夏草のにおい。スイカズラの甘い香りと恋の予感に包まれた夕暮れ。アレッサンドロの脈がいっきに速まった。

もしかして……？　だが、そんなことがあるだろうか？

「ミス・ベリル」彼が声をかけると、秘書は椅子から飛びあがった。「このL・メドーズという男性だが……？」アレッサンドロはそうたずねて、神経質そうな長い指で書類を前に押しやった。

秘書がすかさず答えた。「男性ではなく、女性です。ラーラ・メドーズといって、半年ほど前から働いています。社長のビル――いえ、その、前社長のミスター・カーマイケルが目をかけていた人です」

アレッサンドロの下腹部に、予想もしていなかった興奮がわきあがってきた。

いまごろになって姿をあらわすなんて、なんということだろう。アレッサンドロが重役を務めているスカラ・エンタープライズが南半球で新たに足場を築くために買収した最初の会社で、彼女が働いているなんて。

アレッサンドロの神経が異様なまでに高ぶった。もうとっくに結婚していると思っていたのに。それとも、結婚しても旧姓を名乗っているだけだろうか。だとしたら、結婚相手はろくでなしに違いない。

それにラーラが前社長に目をかけられていたと聞いても驚くにあたらない。そんな社長だから、首になるのだ。そのあたりの事情をもっと詳しく知りたいが、やめておいたほうがいいだろう。こんなときだ。新経営者のスキャンダルとなれば、社員たちはどんな些細(ささい)なことでも飛びつくだろうから。

それに、ラーラ・メドーズにはもう興味はない。ハリウッド映画さながらの、気まぐれで理不尽な彼女の申し出に胸を躍らせたのは、遠い過去の話だ。愛する男の誠実さを試すような女性は、相手としてふさわしくない。

しかし、なんという皮肉だろう。彼女はかつて、その手のなかに彼の運命を握っていた。しかしいまは、彼のほうが彼女の未来を左右できる立場にいる。中世には復讐に命をかけたと噂される、かの有名なヴィンチェンティ家の末裔である彼が……。

彼の母が言っていた。〝復讐は冷めてから味わうのが最高だ〟と。六年というこの歳月は、彼が味わった怒りと屈辱の炎をしずめるには、十分な時間だったのだろうか。

アレッサンドロは自分のなかにかつての情熱がよみがえるのを感じて、肩をすくめた。彼女にふたたび会うのも悪くないかもしれない。いまの彼女はどんなふうになっているのだろう。

そして、いったいどんな顔でぼくの前に出てくるのだろう。

ラーラはエレベーターのなかの鏡をのぞきこんだ。六年もたてばアレッサンドロだって時の重みに耐えかね、髪も薄くなって、おなかも出ているかもしれないのだ。

そう自分に言い聞かせながらも、会議室に近づくにつれて膝ががくがくした。

アレッサンドロは、わたしをおぼえているだろうか。彼についての噂を耳にするかぎり、忘れてしまった可能性も大いにある。世界をまたにかけたプレーボーイに、六年前につきあった女性をおぼえていろというほうが無理なのだ。

ラーラは会議室のドアの前で足を止め、大きく息を吸った。スカラ・エンタープライズが派遣した重役が、誰あろうアレッサンドロだと知ってから、彼女の頭のなかには壊れたビデオのように同じ光景が繰り返し浮かんだ。

六年前ラーラは、シドニーで開催された国際出版会議に出席した。彼女にとって、国際会議は生まれて初めての経験だった。

そう、なにもかもが初めて……。

アレッサンドロと出会ったのは、その会議のカクテルパーティだった。SF小説に出てくるようなとっぴな服装をした女性の頭越しに、笑いをこらえて視線を合わせたのがきっかけだった。

それに続く夢のような日々。手に手を取って長い散歩を楽しみ、文学や音楽やシェイクスピアなどの話に花を咲かせた。

アレッサンドロは最初、彼がイタリア人だということも、ヴェネツィア出身だということも言わなかった。笑いながら、自分は世界人だと言って、ラーラの話に熱心に耳をかたむけ、興味を持ってくれた。それは楽しくて、胸躍る経験だった。

やがて彼の出自がわかってきた……。

ラーラはインターネットでアレッサンドロの背景を知り、なぜ彼がそんなに魅力的なのかわかったような気がした。アレッサンドロはラーラからきかれて、自分がヴェネツィアの貴族――ヴィンチェンティ家の子孫であることをしぶしぶ認めた。彼の先祖はヴェネツィア共和国時代に侯爵に任じられ、元首(ドージェ)を選び出す評議会の一員として、政治にも深く関わったのだそうだ。

さらに古い記録によると、彼の先祖は〝ヴェネツィアの小さな島の侯爵〟と呼ばれていたともいう。なんて美しく、ロマンにあふれた名前だろう。

アレッサンドロは、ラーラがその話を持ち出すと顔をしかめたが、最後には自分が現侯爵であることを認めた。

〝ヴェネツィアの小さな島の侯爵〟ラーラはその夢ある名前を何度もつぶやいた。

ラーラがあまりにもうれしそうにその名前を口にするので、彼もつられて笑った。あれはふたりが初めてビーチで昼さがりを過ごしたときのことだった。

目を閉じると、隣に寝ころぶアレッサンドロの姿が浮かんでくる。海からあがったばかりで、日に焼けた体から水滴をしたたらせ、濡れた黒髪がきらきらと輝いていた。セクシーな黒い瞳がラーラだけを見つめる。そのあと彼はキスをしてくれた。初めてのキス。そして、その夜……。

いまでも、ザ・シーズンズホテルという名を耳にするだけで胸が痛む。あの部屋の壁だけが、ふたりが過ごした熱いひとときを知っているのだ。

一週間の予定だった彼の滞在が二週間、三週間とのびて、やがて夏も終わりに近づいた。アレッサンドロの会社が彼を企業派遣で進学させた、ハーバードのビジネススクールでの最終学期の始まりが近づき、滞在をそれ以上のばすのは無理だった。ラーラは空港で涙ながらに彼を見送った。彼女がその別れを耐えられたのは、アレッサンドロと交わした〝約束〟があったからだった。

ラーラの胸がざわついた。いつものことだった。もし運命に邪魔されなければ、彼女はその〝約束〟を守るはずだった。それどころか、約束の場所でいつまでも彼を待っていただろう。だが、あの山火事と父のことがあって、彼女は入院を余儀なくされたのだった。

そして、そのあと彼女の運命を変えるような事実がわかった……。

ラーラは会議室のドアを押した。

小さな部屋は人でいっぱいだった。会社は小規模だったものの、社員全員が一箇所に集まることはめったになかった。幸い、ドアの近くの椅子が空いていたので、ラーラは気づかれないようにそっと腰をおろした。

スティレット出版社の社員はすでに全員そろい、販売促進の責任者だったシンタが前社長に代わって歓迎の挨拶をしていた。相変わらず体にぴったりの服を着て、自分では魅力的だと信じている甘い声で、新しい親会社が派遣してきた重役に話しかけている。

アレッサンドロ。

ひと目で彼だとわかった。中央の一段高くなった壇上に座り、かたわらには仕立てのいいスーツに身を包んだ女性が座っていた。ニューヨークの五番街のにおいをぷんぷんさせたボブカットのその女性は、ニューヨーク支社からやってきた重役のドナチューラ・カペッリと紹介された。

ラーラが腰をおろしたとたん、ドナチューラが立ちあがり、最近のスカラ・エンタープライズの営業成績について話した。どうやら、アレッサンドロはわたしが遅刻してきたことに気づかなかったようだ。

ラーラはほっと胸をなでおろした。

だが、部屋の奥にいたアレッサンドロは、入ってきたラーラを見て凍りついていた。遅れてきた社員は、まちがいなくラーラ・メドーズだ。ブロンドの髪は以前より長めだが、昔と変わらずきらきらと輝いている。それに、あのきりっとした顎の線に、しなやかで優雅な体の曲線。彼女のほかにいったい誰が、ぼくにこれほどの衝撃を与えるだろう。

いや、これは衝撃ではない。ただ、驚いただけだ。しかも、ひとり最初から遅刻とは。

ぼくを少し知っているからといって公私混同しないよう、きつく言う必要がありそうだ。

アレッサンドロは体を少しかたむけ、ずらりと並ぶ椅子の隙間から、彼女が脚を組むのを見ていた。すらりとした形のいい脚も昔のままで、膝までであるブーツからのぞく膝頭がなんともかわいい。それにしても……なんて傲慢なのだろう。アレッサンドロの胸に怒りがわきあがった。

新会社の始まりであるこの会議の重要さは誰もが認識しているはずなのに、彼女は敬意すら払おうとしていない。

ラーラがかすかに首をのばすと、黒いスーツに包まれたほっそりした膝に片手をのせたアレッサンドロの姿が見えた。下を向いていて、昔と変わらない黒く濃いまつげに高い頬骨、くっきりした顎の線が見えた。

ただ、彼はラーラが想像していたよりもずっと厳しい顔をしていた。そんな彼がドナチューラ・カペッリになにかきかれて、はっと我に返ったかのような顔をした。

それを見て、ラーラの脳裏にかつての彼の魅力が鮮やかによみがえってきた。

からかうようにあげた眉。かすかにゆがめた唇。そして、あの目。見るものを惹きつけずにはおかない深い瞳の色と、その表情。

胸が異常なまでに高鳴り、ラーラは椅子にしがみつくことでなんとか冷静さを保った。アレッサンドロとはもう終わったのだ。しかも、とっくの昔に。わたしにさよならのキスをして、ほかの人と結婚したのは、あの人のほうだ。にもかかわらず、アレッサンドロが立ちあがって、よく響く感じのいい声で話しだしたとき、ラーラは昔どうして自分が彼に恋をするようになったかを思い出していた。

なぜ、彼に夢中になり……命がけで愛したのかを。

アレッサンドロはひとりの社員をのぞいて全員を見まわし、話を始めた。

彼はこれまで、冷静で忍耐強い重役として通っていた。本社が新しく買収したスティレット出版社の再建のために彼を派遣したのも、その点を買われてのことだった。従業員の不安を取りのぞき、やる気をおこさせる――それが彼の仕事だ。

だが、場合によっては、彼の立場をはっきりさせなくてはならないときがある。いまがそれだ。妙になれなれしく、会議など自分には関係ないといった態度をとる人間には、社員として許されるのがどこまでかをしっかりたたきこんでおく必要がある。スカラ・エンタープライズに無責任な社員はいらないのだ。

アレッサンドロはこういったスピーチの常識を破って、ずばり本題に入った。「会社の経営者が替わったからには、きみたちにも、それなりの変化を覚悟してもらう」

ラーラはアレッサンドロを見つめることに忙しくて、彼の言葉が社員たちに強い緊張をもたらしたことには気づかなかった。

それどころか、彼の端整な顔を見ているうちに、泣きたくなってきた。あまりにも思い出が多すぎる。

ただ、いま目の前にいる男性は、昔ラーラを追いかけてからかい、彼女ほどすばらしい女性はいないと言っていた人とは少し違うようにも思えた。外見だけを言えば、彼は以前より魅力を増していた。アスリートのようにしなやかな体を高級なスーツに包み、オリーブ色の肌に顎髭（ひげ）がうっすらと影を落としていた。身長がゆうに百九十センチはあるすばらしい体形を保つため、努力を怠らなかったのはあきらかだ。いまラーラは二十七歳だから、彼は三十五歳になったはずだ。六年という月日が彼の顔に個性的なしわを刻み、いかにも成功したビジネスマンといった雰囲気を漂わせている。

おまけに、彼は侯爵だ。

物柔らかな言葉で、現実の厳しさを、威厳を持って突きつけることができる人。ラーラは彼のイタリア語なまりに気を取られるのをやめて、その内容に耳をかたむけることにした。

そして気がつくと、アレッサンドロの言葉で会議室は緊張に包まれていた。かたわらに座るドナチューラさえ、いぶかしげな視線を投げかけている。

「きみたちは、この会社を破産させた」アレッサンドロは言った。「そしてわたしたちは、その再建のためにやってきた。たとえ、どんな手段を取ることになったとしてもだ。ミズ・カペッリとぼくは来週末、バンコクで開かれる国際出版会議に出席するので、それまでに新たな経営方針を決めなくてはならない。名もない出版社から、世界の出版社へと発展する道を歩みはじめるにあたって、当然のことながら社員の再教育が必要となってくる。ときには私的な時間すら拘束される人も出てくるだろう」

会議室に広がるざわめきを無視して、彼は続けた。

「出版業務を始めとして、あらゆる部署を一から見なおす。だから、もし……」

一語一語はっきりと発音する彼の口調には、誰をも震撼とさせる力があった。

「当社で仕事を続けたいと思う人は、それぞれが持つ能力を百パーセント生かして、全身全霊で仕事にあたってくれ。これは事の大小に関係なく、すべてにあてはまることだ。プロジェクトを成功させることから、会議の時間を守ることまでどれも同じだ。ことに時間はきちんと守ってくれ。出勤時間、休憩時間、会議の時間――すべてだ」

ラーラは思わず椅子の上で身をちぢめた。

彼はなおも続けた。「どんな理由であれ、遅刻は認めないから、そのつもりで」

ラーラはがっくりきた。アレッサンドロには、昔の思い出など関係ないようだ。

「スカラ・エンタープライズでは、人間なら誰でも過ちを犯すといった考え方は通用しない。それぞれがそれぞれの義務を果たすことに、妥協の入りこむ余地はないんだ」彼はそう言って話を終えた。「これから数日のあいだ、ミズ・カペッリとぼくは、きみたちひとりひとりと面接を行う。ここに残りたいと思う人は、それなりの心の準備をしておくように」

社員たちのあいだに衝撃が走った。

しかしアレッサンドロは、まるで気分のいいおしゃべりでも楽しんだかのように礼を言うと、会議の終わりを告げた。

ラーラはほかの社員たちに交じって会議室をあとにした。しかし、自分のデスクまで戻ってふと考えた。アレッサンドロには、いますぐ挨拶をしておいたほうがいいのではないだろうか。これからのこともあるわけだし。

ラーラが人々の流れに逆らって会議室に戻ると、そこにはもうアレッサンドロの姿もドナチューラの姿もなかった。きっと早くも、首切りリストの作成にでも取りかかっているのだろう。そんなときに邪魔をするのは、あまり賢いとは言えないだろう。それでも、わたしがこの会社にいることを知らせておくのは、決して悪いことではないはずだ。アレッサンドロが来たことで、神経質になっているなどとは思ってほしくない。

そう考えなおして、ラーラは以前の社長室へと足を向けた。まるで、悪いことをして校長室に呼び出された生徒のような心境だった。

ラーラがドアをノックしようと手をあげたとたん、ドナチューラが近づいてくるのが見えた。

彼女はどこか、お化け一家を描いた映画『アダムス・ファミリー』のアダムス夫人を思い出させる。

「なにかご用？」彼女が冷たくきいた。

「あの……アレッサンドロに会いたいのですが」

「ミスター・ヴィンチェンティと呼びなさい。それで、あなたは？」

「ラーラです」彼女はドアを指した。「彼はいまなかに……？」

ドナチューラは弓形に描いた細い眉をあげた。

「いいえ。さあ、席に戻って、自分の順番が来るのを待ちなさい」彼女はそう言うと、ドアノブに手をかけ、腰でラーラをわきに押しのけた。「ほかの社員を出し抜こうとしても無駄よ」

　ラーラが帰りかけると、ふたたびドアが開いて、長身のアレッサンドロが姿をあらわした。彼の黒い瞳がラーラをとらえてきらりと光り、一瞬動きを止めた。

　そのとたん、ラーラの頭にさまざまな記憶がよみがえった。アレッサンドロの石鹸(せっけん)と革靴とシェービングローションが混じったようなにおい。レモンの香りの洗剤を使った洗濯物の香りと、その下にかすかに漂う洗練された男のにおい。そのすべてが忘れていた感覚を呼びさます。苦しいまでの胸のときめき。恋い焦がれる思い。

「アレッサンドロ」ラーラは大きく息を吸いこんだ。「わたし、その……挨拶をしようと思って」

　彼の目の奥でなにかがきらりと光り、セクシーな口元がわずかにゆがんだ。しかし、すぐに後ろにさがると、なかに入るように合図した。

　部屋にはビルが使っていたデスクのほかに、もうひとつデスクが運びこまれ、厚いファイルを前にしてドナチューラが座っていた。アレッサンドロが彼女の方を向いてうなずき、ドアを大きく開けた。

「チューラ、悪いが、ふたりだけにしてくれないか。すぐにすむから」

　ドナチューラはぱっと顔をあげ、かすかに舌打ちをして立ちあがると、ラーラにいまいましそうな視線を投げかけて部屋を出ていった。

　アレッサンドロがドアを閉め、ラーラは彼とふたりきりになった。昔のように。

　しかし、アレッサンドロがどんなに魅力的かを忘れていたようだ。彼の魅力は、漆黒の目の美しさや、男らしさだけではなかった。彼には、ラーラを惹きつけてやまないなにかがあった。そのせいで、彼に近づくたび、その胸に飛びこみたくなるのだ。

　ああ、わたしはどうかしている。彼には妻がいるというのに。

だが彼女の体も感情も、そんな言葉に耳を貸そうとはしなかった。女としての本能が、アレッサンドロのぱりっとした背広姿の下の男らしさに強く反応していく。

ところがラーラの心の葛藤をよそに、彼はあくまで礼儀正しく、冷ややかだった。「それで?」探るような黒い目で、彼はたずねた。「なにか、ぼくに用事かな?」

ラーラは不安になり、思わず握手の手を差しのべたが、アレッサンドロはやんわりと拒否した。

ラーラは言葉につまった。「あの……わたしをおぼえているかしら? ラーラだけど……?」

彼が答えるまで、少し間があった。「ぼんやりとね。たしか、シドニーの国際出版会議で出会ったのでは?」彼はラーラに鋭い一瞥を投げると、黒く長いまつげを下に向けて腕時計に目をやった。「それで? ぼくに特別な用事でも?」

彼女はあっけにとられたが、やがて首を横に振った。「いいえ……。ただ、挨拶をしようと思って」

アレッサンドロは顔をしかめ、困ったようにため息をついた。「きみもわかっていると思うが、ぼくたちはいま非常に忙しい。というわけで、特に用事がないのなら……」

ラーラの背筋に冷たいものが走った。「ええ、わかっているわ。特に、なにも用事はないの」顔を真っ赤にして言う。「仕事のお邪魔をして申しわけありませんでした」

ラーラは唇に笑みを浮かべて部屋を出たものの、目頭が熱くなってくるのを感じた。自分がかぎりなく愚かに思える。

彼女は廊下に出ると、そのまままっすぐ化粧室へ向かい、個室に入って震える手で顔をおおった。

アレッサンドロは、ラーラが出ていくとデスクに戻り、新しい代表取締役の候補者リストを取りあげた。だが、心臓の鼓動が激しすぎてなにが書いてあるのかまったくわからない。

ああ、なんと厚かましい女性だろう。いまになって、何事もなかったかのようにやってくるとは。冷たくあしらわれて当然だ。それにしても、彼女はなぜあんなにも魅力的なのか……?

アレッサンドロの胸が激しく痛んだ。いや、違う。彼女もまた、どこにでもいる女性のひとりにすぎない。ただ……。

ただ、あの目をのぞきこんだりしなければ。

彼がデスクにリストを放り投げたとき、電話が鳴った。力いっぱい電話機を床にたたき落としたかったが、さすがにそれはできず、受話器を取りあげると、またすぐに元に戻して電話を切った。

そう、ぼくはまちがっていない。彼女には、ああいった扱いこそがふさわしい。

2

ラーラのオフィスでは、みんなが怒りを爆発させていた。

「まったく! 人間なら誰でも過ちを犯すといった考え方は通用しないですって。いやなやつ!」

「でも、あの人の目を見た? どうやったら、あんなにきれいな目をして、あそこまでひどいことが言えるのかしら?」

「セクシーで冷淡で、血も涙もない目よね。それにあの口元。うーん……」ラーラの隣の席にいる女性がため息をもらした。

ラーラは黙ったまま、あたりに飛びかう悪口雑言を聞いていた。彼女が知らなかったアレッサンドロのもうひとつの面を非難する声。冷たくて、効率一辺倒で、ラーラを友達とさえみなさなかった彼。礼儀正しい言葉で、人を切り捨てる彼。にもかかわらず、彼が悪く言われているのを聞くのは、いい気がしなかった。

ただ先輩のキルスティンだけは、みんなと違った意見を持っていた。「でも、当然じゃないかしら？　会社は慈善事業じゃないんだから、あれくらい最低の要求だわ。それより、新会社の組織固めができたことを歓迎すべきよ。こちらにだって、言うべきことを言う機会が与えられたわけだし」彼女はそう言ってウィンクした。「それに、あのハンサムな重役が、こんな僻地にいつまでも滞在するとは思えないわ。きっと、わたしたちの魅力を発見する前に新代表取締役を決めて、さっさと帰るはずよ」

それを聞いて、ラーラは思った。アレッサンドロがとうの昔に、ここにいるひとりの女性の魅力を発見していたと知ったら、みんなどんな顔をするだろう。実際あのとき以来、ザ・シーズンズホテルのスイートはラーラの聖地となった。

ふたりが最後に過ごしたあの午後のことは、生涯忘れない。

小さな居間付きのスイートの大きな窓からは、シドニー港やオペラハウスが一望できた。

日が暮れるのをあれほど恐れた日があっただろうか。最高に美しく、そしてもっとも辛い日。一秒一秒がどうしようもなく貴重で、別れの時が迫っているというせっぱつまった思いがふたりを苦しめた。ラーラは必死に悲しみを押し殺していた。アレッサンドロも最初は彼女の寡黙さをからかっていたが、やがて自分もまた黙りこんでしまった。

彼はシャンパンのボトルを開けると二個のグラスに並々と注ぎ、澄んだ音をたててグラスを合わせた。だがラーラが飲み終えるのも待たずに、彼女の手からグラスを取りあげ、熱く燃える黒い瞳で彼女の目をのぞきこんだ。そして震えるラーラの服を手早く脱がせると、ベッドに押したおした。

それは言葉にならないほどすばらしい時間だった。ふたりは心が震えるほど思いのこもった、それまででもっとも激しく愛しあった。

やがてラーラはアレッサンドロのかたわらに身を横たえ、彼のブロンズ色の体を指でまさぐりながら勇気を奮いおこして言った。「アレッサンドロ、あなたが行ってしまったら、わたし……たまらなくさびしくなるわ。お願い……帰らないで」ラーラの声は震えていた。

だがアレッサンドロはなにも言わず、腕で目をおおっていた。ああ、口にしてはいけないことを言ってしまったのだろうか。ラーラが後悔しはじめたとき、彼が喉の奥から声をしぼり出した。

「だが、ぼくは帰らなくてはならない」彼はそう言って、ラーラの方を向いた。「だから、考えていたんだが、大事な人(テソーロ)、きみも一緒に来ないか?」

「えっ、アメリカに……?」

「ああ。きっときみも気に入ると思うよ。それにアメリカにいるのは、たかだか数カ月だし。ビジネススクールが終わったら、ぼくはまたイタリアに戻る」そして彼は言った。まるで静かな水面に石を投げ、波紋がどう広がるかを確かめようとでもしているかのようだった。「きみも一緒に、ぼくの家に来ればいい」

彼の家。ラーラの頭のなかを、ありとあらゆる思いが駆けめぐった。仕事、両親、あまりよく知らない男性の胸にいきなり飛びこむこと。しかも異国の地で。これまでニューサウスウェールズさえ、出たことがないというのに。

〝ヴェネツィアの小さな島の侯爵〟

彼のとっぴな申し出に、ラーラは震えた。

アレッサンドロは続けた。「そして、ぼくたちはカップルになる」

ああ、わたしは夢を見ているのかしら。ラーラは天にものぼる思いがした。わたしはついに運命の人を見つけた。驚くほど魅力的で、教養豊かな人。そして心のうちをすなおに打ち明けられる人。

しかし、かすかに残っていた理性が働いた。でも〝カップル〟って、具体的にはどういうこと？

愛人、それともたんなるパートナー？

それに、仕事は？　両親は？

ラーラは必死で言葉を探した。まるで、五十階建てのビルの屋上の端で、目をまわしている女性のような心境だった。「なんて、すばらしいのかしら。うれしいわ……アレッサンドロ。とても名誉に思うわ」

彼女の心の迷いを読んだのか、彼が顔をしかめた。

「名誉に思う？」彼の眉がかすかにあがった。

もしかしたら、彼を傷つけてしまったのだろうか。ラーラの胸は張り裂けそうだった。

彼が響きのいい、低い声でたずねた。「それってきみ流のノーかな？」

「いいえ」ラーラはあわてて言った。「とんでもない。ただ、その……あまりに唐突で驚いているの」

頭のなかで理性が冷静になれと叫んでいた。「でも、わたし、パスポートを持っていないの」

彼の誘いをいますぐ受け入れられない理由が見つかって、ラーラは胸をなでおろした。

しかしアレッサンドロはこともなげに言った。「また、乗る飛行機を変更すればいいだけのことだよ。ほかにもいろいろ準備があるだろうから、出発を一日のばすということでどうかな？」

そのときふと、ラーラの脳裏に映画『めぐり逢い』のシーンが浮かんできた。

「ねえ、いいことを思いついたわ……ダーリン」ラーラから初めて〝ダーリン〟と呼ばれ、アレッサンドロはうれしそうだった。それに勇気づけられて、ラーラは続けた。「たぶん——あくまで、たぶんだけど——わたしたち、もう少し考えたほうがいいと思うの」

アレッサンドロが一瞬うつむいた。「きみは自分の選択に自信が持てないんだね?」

ラーラは大きく息を吸うと、急いで言った。「いいえ、もちろん自信はあるわ。でも、いろいろすべきことがあるから、もう少し時間がほしいの。わかるでしょう? 両親にゆっくりお別れを言いたいし、会社にも辞表を出さなくてはならないわ。そのためにも、あの映画と同じことをしてみない? あなたは、ケーリー・グラントとデボラ・カーの『めぐり逢い』って見たことがあるかしら?」

アレッサンドロはその映画を見ていなかっただけでなく、実行を数週間遅らせるという彼女の案にも不服そうだった。はっきり表には出さなかったが、侯爵としての誇りを傷つけられ、衝撃を受けているようにも見えた。まるで、彼の申し出への答えはイエスだけで、それ以外は想像もできないと言っているかのようだ。それでも、しぶしぶながら彼女の提案を受け入れた。

あのときのラーラは若かった。そして、自分の提案がもっともふさわしいと心から信じていた。アレッサンドロに夢中になってからというもの、立ちどまって考える暇などなかったのだから。まあ、ニューヨークのエンパイア・ステート・ビルディングに比べたら、シドニーのセンターポイント・タワーは少しロマンチックさに欠けるかもしれないが、六週間後そこでふたたびアレッサンドロとめぐり逢うことができれば、まさに天国に変わるだろう。

しかし、悲しいことに、彼女がかすかに抱いていた不安は見事に的中した。

あの運命の水曜日の午後四時、ラーラは事情があって約束の場所であるセンターポイント・タワーには行けなかった。だが、アレッサンドロもまた来なかった。なぜなら彼がシドニーでラーラを追いかけ、誘惑しているあいだに、イタリアでは彼の婚約者が結婚式の準備を着々と進めていたのだから。

ラーラはその事実をあとになって知った。そして、残酷な事実を突きつけられて初めて気づいた。アレッサンドロは女性を誘惑することにかけては超一流で、こちらの提案に賛成したのは、もしものときの予備として取っておきたかったからだろう。

それでも、ときとして彼は実際にハーバードから飛んできて、待っていてくれたのではないかという不安に駆られた。だが、そんなはずはない。学期中の休みはせいぜい一日か二日で、たとえラーラに隠していた婚約者がいなかったとしても、地球の裏側まで飛んでくるのはかなり大変な仕事なのだから。

少なくともラーラは、ずっとそう自分に言い聞かせてきた。そんなふうに思えるようになったのは冷静に考えられるようになってからで、それまでにどれほど眠れない夜を過ごしたことか。

ある日、病院の待合室でぼんやりとめくっていた雑誌で、彼が結婚したことを知った。華やかな彼の結婚式の写真を見て、ラーラは自分の愚かさをいやというほど思い知らされた。きっと世界中のタワーのてっぺんに、彼を待つ女性がいたのかもしれない。

世間知らずのラーラは、あの約束の日にアレッサンドロが来ると信じて疑わなかった。そしてそれが可能だったら、まちがいなくあそこに行って彼を待っていただろう。残酷な運命に妨げられなかったら、腕時計を眺め、返事の来ないメールを打っては、ずっと待っていたはずだ。

「私的な時間まで仕事にあてるって、どう思う?」

前のデスクに座っている同僚のジョッシュから声

をかけられ、ラーラははっと我に返った。

「わたしには、とても無理」ラーラは即座に答えた。

「だって、ヴィヴィはどうなるの？」

「それは心配いらないよ。ミスター・ヴィンチェンティに、小さな子どもを育てていると言えばすむことだから。イタリア人は子どもに弱いからね」

その言葉に、ラーラは足元がかすかに揺れたかのような錯覚にとらわれた。「えっ、本当？」彼女は小声できいた。「どうしてそんなことを知っているの？　子どもに弱いのは世界共通でしょう？」

「いや、純粋なイタリア人っていうのは、家族をなによりも大事にするからね」

そういえば、どこかで読んだことがある。イタリア人は家族が崩壊することを極度に怖がっていて、〝親はなくとも子は育つ〟などという言葉を聞くと震えあがるとか。それればかりか、経済的にどれほど苦しくても、あらゆることを犠牲にして子どもに立派な教育を受けさせ、いい服を着せるとも。貧しい家庭でもそうだったら、貴族は言わずもがなだろう。となれば、イタリアの侯爵が、自分の子を地球の裏側におき去りにしておくだろうか。

ああ、とうとう決断の時がやってきたようだ。アレッサンドロにヴィヴィのことを告げる時が。でも、どうやって？　六年という月日は長い。それにあのころ彼女が知っていた――いや、知っていたと思っていたアレッサンドロはもういない。たぶん、彼のことなど、最初からなにもわかっていなかったのかもしれない。

だがアレッサンドロには、自分に子どもがいることを知る権利がある。しかし、無理やり外国にでも連れていかれたらどうしよう。ヴィヴィはまだ幼く、生まれ育った国から乱暴に引きぬいて、ヴェネツィアであれロンドンであれ、見知らぬ国に植えなおすことなどできはしない。彼女はたったの五歳だ。知っている世界といえば、いま住んでいるニュータウンと、学校と公園、キング・ストリートの商店街に図書館くらいなものだ。

　今朝のアレッサンドロの態度からして、もし事実を告げるのなら、あらかじめ原稿でも書いて練習しておく必要がありそうだ。

　社員面接は、お茶の時間が終わるとすぐに始まった。社員たちは不安そうな顔で戻ってくるか、新しい重役に心酔して戻ってくるかのどちらかだった。

　みんなが小声で噂しあっていた。

「ねえ、彼の目を見た？　あのまつげ、少なくとも三センチはあるわ」

「それにあの声と、あのイタリア語なまり。まるでイタリア人とイギリス人が入りまじったみたい」

「それも並のイタリア人ではないわね。賭けてもいいわ。彼、きっとシチリア出身よ」

　ほかにも、財務部のデヴィッドはすぐに私物をまとめて出ていくように命じられたとかいう、背筋の凍るような噂も流れていた。

　そして今日ばかりは、いつも二、三人がたむろしているコピー機のそばに人影はなく、休憩時間でもないのにコーヒーを飲んでいる者もいなかった。

　ラーラは自分の面接の順番を待ちながら考えこんでいた。ヴィヴィの父親であると同時に、いまは知らない人も同然となったアレッサンドロに、いったいなにをどう伝えればいいのだろう。

　秘書のベリルが、ドアから首をのぞかせて言った。

「ミスター・ヴィンチェンティ、建築士の方がいらしていますが」

　アレッサンドロは礼を言うと、ドナチューラを先にランチへ行かせ、自分は建築士に会うために部屋を出た。そして建築士とオフィスのレイアウトについてあれこれ話しあいながら、作業員たちが耳の後ろに鉛筆をはさんだまま床面積を計ったり、窓の寸法を測ったりしているのを眺めていた。

編集室まで来ると、アレッサンドロはびっしりと並ぶデスクを指さし、この部屋にはもう少しスペースが必要だと説明した。

みんなランチに出ていて部屋は空っぽだった。いや、空っぽに見えた。だが建築士と問題点をあれこれ検討しているうち、部屋の隅のコーヒーマシンに、金髪の女性がかがみこんでいることに気づいた。

アレッサンドロはまたもや息が止まりそうになった。そして、ラーラが振り返り、作業員のひとりとにこやかに話しだすのを見て、思い出がいっきによみがえってきた。これで今日は二度目だ。彼女の肌の美しさ、しなやかな指の動き、そして……。

驚くほどの率直さと、笑いながら相手をからかう癖。ああ、彼女を愛そうと憎もうと、彼女のあの明るさと屈託のなさは、いまでも十分に魅力的だ。

心に鍵をかけたはずなのに、アレッサンドロはふいにわきおこった欲望に下半身をこわばらせた。

ほろ苦さを噛みしめて、彼は建築士の言葉に集中しようと努めた。だが実際は、必死の思いで悪魔のような欲望と闘っていた。

どうやらぼくには、まだまだ訓練が必要なようだ。ラーラがそばにいるというだけで、こんなふうになってしまうとは。これからはたびたび顔を合わせ、話もしなくてはならないのだ。だとしたら、この状態をなんとかしなくてはならない。

だが、そう難しいことではないかもしれない。その存在に慣れるまで、彼女とはできるだけ距離をおけばいい。彼女の声を聞くことも、あの香水の香りを嗅ぐこともなければ……。

思わず引きこまれる、あの笑みを目にせずにすみさえすれば。こちらの準備が整うまで、彼女の策略にはまらないよう気をつければ……。

準備？　意地の悪い声がささやく。準備なんて、とっくにできているじゃないか。

いや、違う。アレッサンドロの理性がすかさず反発した。ぼくは欲望に駆られてなにかをしでかすような人間ではない。

そう、たしかに。相手がラーラ・メドーズでなければ。しかし、意地悪な心の声は引きさがらない。

アレッサンドロはシャツの襟に指を差し入れた。ああ、なんだって個人面接をするなんて言ってしまったのだろう。ラーラの魅力に影響を受けないための唯一の方法は、近づかないことなのに。実際、彼女との個人面接はやめたほうがいい。彼女とふたりきりになる危険はなんとしても避けるべきだ。

午後も遅くなって、ラーラの疑念はますます深まっていった。編集部の人たちは彼女をのぞいて全員が面接をすませ、いまは、ほかの部の人たちが呼ばれている。きっとアレッサンドロは、わざとわたしをあとまわしにしているのだ。

遅刻したのだから五時以降も残って当然と思っていたらどうしよう。ヴィヴィの子守りをしてくれている母親が、オーボエのレッスンに出かけたくて、首を長くしてわたしの帰宅を待っているのに。

アレッサンドロ・ヴィンチェンティにとって、時間厳守を声高に叫ぶくらいどうということはないだろう。なにしろ彼は母親でもなければ、今日一日学校であったことを話したくて、首を長くして彼の帰宅を待っている娘がいるわけでもないのだから。たしかに彼も父親だが、運命のいたずらか、当人はまだその事実を知らない。だが考えてみれば、しばらくはそのほうがいいのかもしれない。

そうすれば、わたしも少し息がつけるし、彼に事実を伝える前に、いまの状況を正確に判断するだけの時間も持てる。

アレッサンドロが子どもも好きかどうかも見きわめられる。もし子どもが嫌いなら、ヴィヴィに紹介するのは、あまり賢い選択とは言えないかもしれない。それに、彼の妻はどう考えるだろう。ヴィヴィの継母になるわけだが。

継母という言葉が持つ冷たいイメージに、ラーラはぞっとした。アレッサンドロの妻であり、社交界の花でもある彼女が、夫がよそでもうけた子どもを、愛を持って抱きしめるなんてことがあるだろうか。

それに、ふたりにはすでに子どもだっているだろう。とすれば、その子はふいにあらわれた母親の違う姉にひどく戸惑うだろう。

それを言うなら、アレッサンドロもまた同じ気持ちのはず。世間には、前の結婚で生まれた子どもに愛情を持たない男性などたくさんいる。

去る者は日々に疎しだ。

しかしそれは、わたしにもヴィヴィにも悪いことではないかもしれない。もめ事も、期待も、互いに互いを責めることもなくなるわけだから。

五時まであと十三分。今日はもう呼ばれることはなさそうだ。ラーラはバス停まで歩く前に少し足の痛みをやわらげておこうと思い、ブーツを脱いだ。

だが終業時間の十一分前、編集部のオフィスのドア口をふさぐように長身の男性が姿を見せた。周囲のざわめきがぴたりと止まり、オフィスにいた全員が凍りついた。なにごとかと上を向いたとたん、彼女はまともにアレッサンドロと目を合わせてしまった。

そして、彼の目のなかに黄金色の炎がきらめくのを見て、電流が全身を貫いた。

「ラーラ」アレッサンドロが言った。「ちょっと来てもらえるかな？」

濃いまつげに縁取られた彼の黒い瞳が持つ力に圧倒され、ラーラは身じろぎもできずにいた。そしてようやく椅子から立ちあがろうとして、彼の視線がこちらの足に注がれているのに気づいた。

「大変」ラーラは小さくつぶやき、あわててブーツをはいた。

アレッサンドロが、まるでみだらなものでも見てしまったかのように目をそむけた。

それに気づいたとき、どういうわけかラーラの心は喜びに震えた。

わたしの足を見て、妻帯者の彼があわてている。でも、わたしに近づけるのはせいぜいそこまでだわ。靴をはいていようと、いまいと。

3

アレッサンドロが部屋のドアを開け、なかに入るよう促した。ここに来るのは今日これで二度目だ。ラーラは地獄の門でもくぐるかのように、ドア口に立つ彼に触れないようにしてなかに入った。

体中のうぶ毛が逆立つ。

うれしいことに、ドナチューラの姿はなかった。狭いオフィスの窓際には、面接用の椅子が数脚用意されていた。

ラーラは彼の今朝の態度を思い出し、勧められるまで座らなかった。彼が口元に厳しい表情を浮かべて、じっと彼女を見つめている。やがてその視線が唇、そして胸へと移動するのに気づいて、ラーラは意に反して思わず胸をときめかせた。

それでも今朝のように、手を差し出すようなことはなかった。アレッサンドロには懐かしいという気持ちすらないのだから。それなのに昔と変わらない彼の端整な顔が彼女を混乱させ、どきどきさせる。

沈黙に耐えられなくなって先に口を開いたのは、ラーラだった。「アレッサンドロ……」

彼がいきなり言った。「昔はもう少し髪が短かった。しかし、それをのぞいたらきみはまったく変わっていない」

ラーラは無意識にうなじに手をやった。「いいえ、わたしは変わったわ」

アレッサンドロが初めて笑い、暗く冷たかった瞳に温かさが生まれた。「許してくれ。ぼくはまだ時差ぼけでね。そう、むろんぼくたちは変わった。さあ、座って……」

ラーラはほっとして、言われたとおり椅子に座った。どうやら彼はわたしをおぼえていたようだ。さっきの態度は驚いたからなのかもしれない。

アレッサンドロも前の椅子に座り、彼女の名前が書かれたファイルを開いた。

ラーラの心臓が奇妙なリズムを刻みはじめ、手がかすかに震えた。それに比べて彼の美しい手は実に落ち着いていた。ラーラはそのしなやかな指が与えてくれた多くの歓(よろこ)びを思い出した。

彼女はあわてて視線をそらした。「あなたの名前が出たときは、本当に驚いたわ」

「なるほど。失望したわけだね?」

「失望? とんでもない。わたしは……その……」

「不安だった?」アレッサンドロは軽く肩をすくめてみせた。「でも、心配することはない。ビジネスはビジネスだ。仕事には関係ないことだから」

ラーラはその言葉に、意地の悪い響きを聞きとった。しかしアレッサンドロの態度はあくまで自然で、まるでクールな外見の下に鋼の鎧でも着ているかのようだった。

ラーラは唇を舌で湿らせ、ちらりと腕時計に目をやった。「あの、わたし、そろそろ失礼してもいいですか？　帰りを待っている者がいるものですから」

「なるほど」アレッサンドロの声は滑らかだった。だが、彼女を見る目はあまりにも鋭く、背筋が寒くなるほどだった。「誰であれ、待たせるのはよくないね」

彼が残酷そうに唇をゆがめ、ラーラは不安に駆られた。これは皮肉だろうか。

アレッサンドロは気を取りなおして目の前のファイルに視線を戻した。彼女の帰りを待つ者がいてもあたりまえではないか。その男もきっとお人よしの道化に決まっている。彼女にはいつだってそういう男がついてまわるのだろう。

薄っぺらなファイルを開いたものの、彼女に関する情報などまったく書かれていなかった。あるのはニュータウンの住所と電話番号だけだ。ローズレイ通り三十七番。これでいったいなにがわかるのだろう。この六年、ラーラがなにをしていたのかも、誰と一緒だったのかもわからない。この会社の人事の責任者はまちがいなく首だ。

アレッサンドロは彼女を見ないようにして、ファイルをにらみつけていた。それなのに彼のまぶたの裏には、彼女のすべてが刻みつけられていた。どこかはかなげな美しい顔立ち。深海を思わせる澄んだ青い目に魂を奪われる愚か者など、あとを絶たないのだろう。このふっくらした唇に触れたいと夢みる男たちも。彼女の周りにはいつだって男たちが群がっているはずだ。そして彼女は、そんな男たちを自分の夢の世界に引きこむことがいかに容易かを知っている。

アレッサンドロは危険を承知で、ちらりとラーラを見やった。脈が突如速まる。望む望まないに関係なく、ラーラとぼくのあいだにある強く惹かれあう力は昔もいまも変わっていないようだ。それはラーラもまたわかっているはずだ。

一見落ち着いているように見えるが、彼女が緊張しているのはたしかだ。ふたりのあいだに生まれるものを感じとっているのだ。アレッサンドロが見つめるたびに彼女の瞳孔がわずかに開いて、瞳に火花が散り、さらに青くなる。

アレッサンドロはファイルに視線を戻してたずねた。「ここには、一月から勤めているんだね？」

「ええ、そうです」

ラーラは自分がいま関わっているプロジェクトについて話しながらも、アレッサンドロから発せられる男性としての魅力をますます意識していた。それはずいぶん長いこと忘れていた感覚だった。そして、彼をじっと見つめたり、美しい顔にみとれたりすることは許されなかったものの、彼の左手の薬指に結婚指輪がはめられていないことに気づかないわけにはいかなかった。なぜ指輪をしていないの？　奥さんはどうしたのだろう？　旅行をするときは指輪をはずすのだろうか。

ラーラはすばやくアレッサンドロに視線を走らせた。しかし、彼の無表情で気難しい顔つきや、意志の強さを示す顎の線などからしても、そんなつまらない小細工をする人には見えない。それどころか、彼はいまでもラーラがかつて信じていた、誠実で名誉を重んじる男性に見えた。

きっとなにかわけがあるのだろう。たとえば指輪の交換をしなかったとか。しかし、そんなことがあるだろうか。ジュリア・モレロは裕福な家の出だというし、ましてやイタリア人だ。夫が結婚指輪をしないことを心よく思うはずがない。

アレッサンドロが仕事についてあれこれたずねているあいだ、ラーラは彼の顔立ちや顎の骨や黒いまつげなどをそっと盗みみていた。彼の唇の味はよくおぼえている。このまっすぐな上唇とふくよかな下唇が、幾度となく彼女を歓びの頂点へと連れていってくれた。

彼もまた同じような感覚に陥っているのだろうか。ラーラの唇も体も、いまでも自分のものだという感覚。ラーラはあわてて自分を叱りつけた。わたしにとっても彼にとっても、そんなふうに思うのはまちがっている。

アレッサンドロには妻がいるのだ。

「このファイルには、この会社に来る前にきみがどんな仕事をしていたのかまったく記載されていないが、きみがこの仕事に向いていると思った理由は？」

アレッサンドロの黒く輝く瞳には、ラーラの心に訴えかけてくるなにかがあって、かつて彼女はその瞳に惹きつけられた。そして、いまでもそれは変わらないように思える。それとも、ただそう思っただけで、これはたんなる嵐の前触れにすぎないのだろうか。しかし、なんの嵐だろう。怒りの嵐？　わたしの怒り？　それとも、彼の怒り？

「わたしは前の会社で、長いこと編集助手の仕事をしていました。そして、その会社が書いてくれた推薦状に、前社長のビルがひどく感心してくれたんです。それに文学についてもかなり勉強しました。それはあなたも……知っていると思いますけど」

そう言ってラーラがほほ笑みかけると、彼はさっと視線をそらした。まるで以前の関係に関する言及にはいっさい耳を貸さないといった態度だった。気持ちはわからなくはないが、そこまで冷淡な態度をとらなくてもいいのではないだろうか。

まるで……ラーラを憎んでいるかのように見える。

「それにビルは、いつかわたしを児童向け出版物にも関わらせようと思っていました。彼は……」

アレッサンドロがぞっとするほど冷たい視線で彼女を見た。「どうやらずいぶんと気に入られていたようだね」

「ええ」アレッサンドロのあからさまな皮肉に、ラーラは勇気を持って答えた。「気に入ってもらっていたと思います」

「そうだろうね」

彼の意図をはかりかねて、ラーラは黙りこんでしまった。アレッサンドロは、わたしがビルに取り入ったとでも言いたいのだろうか。

ラーラには、彼女が知っているアレッサンドロがふいに彼自身が作った硬い鎧の下に逃げこんだかのように思えた。彼女はなんとかして彼の心に触れようと体を乗り出し、笑いながら両手を広げた。「ねえ、アレッサンドロ……これってなんだか不自然じゃないかしら？　こんなふうに、まるで見知らぬ人みたいに話しているなんて。あれから元気だったの？」

アレッサンドロの目がきらりと光った。「この際、ぼくたちが知りあいだったことは忘れるのが一番だと思う。ずいぶん昔のことだし。それに、いまのぼくの仕事は、この会社を再生させてスカラ・エンタープライズ傘下にふさわしい出版社にすることだ。そのためにも、話すのも仕事のことだけに限ったほうがいい」

ラーラはいきなり頰をたたかれたかのように顔を真っ赤にして唇を嚙みしめた。「わかったわ。それがあなたの望みなら」

ずいぶん昔のこと？　アレッサンドロにとって、わたしはそれだけの存在なの？　それにしても、こい人はどうしてこんなに冷淡なのだろう。誰かから、なにか耳にでもしたのだろうか。あるいは、昔のことが尾を引いて……。もし思いあたることがあるとしたら、ひとつだけ。彼女の頭の隅にときとして浮かんでくる光景がある。でも、まさか……アレッサンドロが約束の場所に来たなんてことがあるだろうか。これまでその可能性を考えるたびに、ありえないことだと自分に言い聞かせてきたのだけれど。

いや、彼がはるばるアメリカから飛んできたはずはない。彼には最初から来るつもりなどなかったのだから。わたしにさよならを言って五分とたたないうちに、彼は別の女性と結婚したのだ。

「アレッサンドロ、たしかにわたしたちには同じ職場で働くには気まずいものがあるかもしれないわ。でも、あれは短期間の出来事だし、そう問題にすることもないと思えるんだけど。お互い、すべてを水に流して……」

アレッサンドロはぱっと目をあげて突き刺すような視線でラーラを見たが、すぐに謎に満ちた笑みを浮かべた。「水に流す？　もちろんだ。というより、ぼくたちのあいだにはなにもなかったことにしよう」彼はそう言うと、まぶたを半分閉じてふたたび無表情になった。「ひと夏のロマンスも、けだるい午後の熱いひとときも」彼はラーラの唇にちらりと視線を走らせた。「互いの唇をむさぼりあったことも、誘惑におぼれたことも、きみのその唇がぼくの唇に触れたことも、すべてなかったことに」彼はそう言ってにやりとした。「それにしても、きみは大人だ。感謝するよ。ああいった出来事は、長いことお互いに誤った感情を抱かせるのが普通なんだがね。とにかく一番いいのは、いままで会ったこともないと思うことだ」

「会ったこともない？」ラーラは、けだるい午後とか、キスといった言葉にぞくぞくしたが、あっけなく否定されて深く傷ついた。あれほど情熱的で、魂を揺さぶられた恋はなかったというのに。

いや、あれはわたしのたった一度の恋だった。

「会ったこともないと思えるかどうかはわからないわ。そこまで大人になれたかどうかも自信がないし」ラーラは言った。「それに、あなたと結婚したのはわたしではないわ」

アレッサンドロが頬に濃いまつげの影を落として黙りこみ、ふたりのあいだに緊張が走った。それはまるで、火山の深い部分でマグマがかすかにうごめく音を耳にしたかのような緊張だった。

アレッサンドロが硬く冷たい目でラーラを見た。

「自分でもわかっているだろうけど、きみはなにがあっても先に進むことができる能力を持っている、そうだよね、ラーラ？」彼のイタリア語なまりが強まった。「それに、たとえはるか昔、ぼくがあるホテルの一室できみの服を脱がせたときの興奮について長々と話したくても、仕事が山ほどあるものでね」ラーラが驚いて息をのむのも無視して、アレッサンドロは手にしたファイルを振ってみせた。「というわけで、私的な話は終わりにして先を続けようか？」

彼のあまりにも傲慢な態度に、ラーラは腹が立ってきた。

「だが、ひとつだけわからないことがある。きみがここで働きはじめたのはつい最近だ。でも、ぼくがきみと会ったころ、きみはすでに出版界における輝かしい舞台への道を歩みはじめていた。いったい、あのころの驚くべき才能はどこへ行ってしまったんだい？」

彼の皮肉たっぷりの言葉に、ラーラは怒りすらおぼえた。

やはり、真実を告げる時がきたようだ。これまで苦労してきたのも、そのときのためではなかったただろうか。

しかし残念ながら、こんな状態では機が熟したとは言えない。

ラーラは椅子にもたれて彼を観察した。目の前に座っている〝ヴェネツィアの小さな島の侯爵〟は、やはり彼女が知っていた人とは違った。冷たくて、ひねくれていて、仕事しか興味のない独裁者。こんな人に真実を告げる価値があるだろうか。もし告げるとしての話だけれど。

ラーラは腕を組み、そっけない笑いを浮かべた。

「わたしのつまらない人生の話で、あなたの貴重な時間を無駄にしたくないわ、アレッサンドロ。それにあなたが、わたしの私的なことに興味を持つとも思えないし。まあ、出版社で働くこと以外に、することがあったからとでも言っておくわ」

「そんなに用心深くなることはないよ、ラリッサ」彼がにらみつけた。

「あら、そう？」ラーラはふいに真顔になると、彼の方にかがみこんで、震えるような低い声で言った。「でも、あなたはわたしが知っていた人とは違うから」

アレッサンドロの眉がつりあがった。「違う？　じゃあ、きみがおぼえていたのはどんな人間だったのかな？」

「あなたとは違って……もっとやさしい人よ」

彼の目がきらりと光り、こめかみがぴくりとしたように思えた。

「それに比べると、きみは少しも変わっていないね」彼は言った。「残念だが」

「それはよかったわ」ラーラはバッグをつかんで立ちあがった。「じゃあ、これで」

アレッサンドロも立ちあがった。彼にドアを開けてもらいたくなくて、ラーラはあわててドア口に近づいた。できることなら肩を張り、威勢よくここを出ていきたい。

ふたりは、同時にドア口に向かったせいで足がからみあい、そのままお互いの胸のなかに倒れこんでしまった。それはまさに、火打ち石同士がぶつかりあったようなものだった。ラーラの腰と腿が彼に触れたとたん、彼女の体に電流が走り、彼の目からも火花が散って、まるでシャワーのように彼女に降りそそいだ。

アレッサンドロがラーラを支えようと腰に手をまわした。彼の男らしい香りとたくましい腕に抱かれて、ラーラは完全に理性を失った。

アレッサンドロはラーラの腕に両手をすべらせると、彼女を胸に抱きよせた。その一瞬がラーラにはまるで永遠のように思えた。

「気をつけて」彼が低く、うめくように言った。

ラーラは服を通してアレッサンドロの肉体を感じ、彼と抱きあっていることをいやというほど意識した。視線が彼の唇に惹きつけられ、喉がからからに渇く。気がつくと全身がぶるぶると震えていた。アレッサンドロの目にはじけた火花や、響きのいい低い声が彼女を強く興奮させたのだ。

ふたりはまるで打ちあわせでもしたかのように、同時にお互いを遠くに押しやった。

「悪かった」彼がかすれた声で謝った。「どうしてこんなことになったのだろう?」彼の目がなにか言いたそうにわずかに光ったが、それはすぐにまた消えた。

ラーラもなんとか自分を取り戻してドアに向かった。だがドアノブを握りながら、ふと思った。ふたりの過去についてのアレッサンドロの態度は、あまりにも否定的ではないだろうか。それについて、せめてひとこと言ってやりたい。

「アレッサンドロ?」ラーラは彼に声をかけた。彼はデスクの上の書類をブリーフケースにしまいこんでいる。いまの出来事でラーラの声はかすれていた。

「なにか?」彼が鋭く彼女を見た。

「約束のことをおぼえている?」

一瞬彼の体がこわばり、美しい顔が氷の彫刻のようになった。それを見て、ラーラは誤って地雷を踏んだかのような恐怖にとらわれた。

「約束?」

「ええ、わたしたちが交わした約束よ」そう言いながらもラーラは後悔していた。彼の態度が冷たかったからといって、これは持ち出してはいけない話だとわかっていたはずだ。しかし、いったん口に出してしまったからには、先に進むしかない。「ほら」ラーラは小さな声で言った。「あなたがハーバードのビジネススクールのために、アメリカに戻らなくてはならなかったときのことよ。もしふたりの気持ちが変わらなかったら……」いまになってあのころの思いを語るのは、どうにも気恥ずかしい。「もしふたりの愛が……その……変わらなかったら、六週間後にシドニーのセンターポイント・タワーの屋上で会いましょうって約束したこと」

アレッサンドロは口元に皮肉っぽい笑みを浮かべて床を見つめていたが、やがて視線をあげ、吐き捨てるように言った。「それで、ぼくはどうすればよかったんだっけ?」

「あなたは最終学期の短い休みを使って、ハーバードから飛んでくるはずだったわ」

「で、きみは……?」

「わたしは……」距離的なことを言えば、こちらのほうが圧倒的に有利なのは最初からわかっていたし、申しわけなくも思っていた。ラーラはきまりが悪くなり、唇が乾くのを感じた。「わたしも……そこに行って、あなたと会う約束だったわ。もっとも、わたしはビンディノングからだったけど」

アレッサンドロはデスクをまわってラーラの前ま

で来ると、眉をあげて腕を組んだ。「へえ、はるばるビンディノングからね」

皮肉たっぷりの物言いに、ラーラは思わず顔をしかめた。

「どちらが、より簡単に約束を守れるかは、はっきりしていたわけだ」彼は黒い目をきらりと光らせたが、その奥にどんな思いを秘めているのかを推しはかることはできなかった。

ああ、どうしてこんな話を持ち出してしまったのだろう。ブルーマウンテンズにあるビンディノングは、シドニーからそう離れてはいない。ラーラが両親とその地に住んでいたころでも、列車で一時間半ほどだった。アメリカのハーバードから飛んでくるのとでは比べものにならない。いま考えてみると、若いころのわたしの提案は、男性の愛をとことん試そうという、身勝手でわがままな娘の思いつきとしか言いようがない。

「わかっているわ。ばかみたいな話だけど、あのころはふたりとも信じていたわ……。わたしたちは真剣に……。ねえ、おぼえていない？」アレッサンドロの表情を読もうとして、ラーラは顔を赤らめた。「それに信じるだけの理由もあったわ。だって、あのときあなたは一緒にアメリカに行こうと言ってくれたわ。でもわたしはまだ若くて、親のもとを離れたこともなかったし、ましてや外国になど行ったこともなかった。だから、あわててしまって。だって、なにもかも捨てなくてはならないわけだし……」

「ぼくのために？」アレッサンドロがばかにしたように言った。「それで、その約束は――」無情にも彼は続けた。「もともと、どちらが言い出したことかな？」

アレッサンドロらしくない吐き捨てるような言い方に、ラーラは衝撃を受けた。知らない人が聞いたら、まちがいなく悪いのはわたしのほうだと思うだろう。ラーラ自身、まるで自分が結婚を申しこんだ若者の愛を試そうと、残酷な試練を与える中世のわがままな王女のように思えてくる。

あのとき彼が尻ごみしたのもよくわかる。しかし最後は、彼もまた提案を受け入れたのではなかったかしら。わずか三週間のつきあいで、なにもかも放り投げてついていく女性がどこにいるというの。

だから彼も納得して、わたしの提案を承諾した。少なくとも、当時はそう思っていた。そして、いまのいままで、裏切ったのはアレッサンドロのほうだと思いこんでいた。だが、いまの彼の怖い表情を見ていると、なぜかそう思えなくなる。

「それで?」彼がたずねた。

どうやら彼は、約束したことを認めるつもりはないようだ。

「いいの、もう忘れて。こんなことを言うべきではなかったわ」ラーラはドア口に向かったが、彼に質問されて、はっと足を止めた。

「ところで、ラーラ・メドーズ。きみは、その約束を守ったのかい?」

「いいえ」彼女は答えた。自分が味わった人生最悪の悲劇をからかわれているような気がして、腹が立ってきた。「でも、あなただって約束を守らなかったはずよ。最初からそのつもりなんかなかったんですもの。そうでしょう?」

六年もたって、こんなことを言うなんてばかげている。それなのに、どうしてこんなに胸が痛むのだろう? アレッサンドロのことは、さっさと忘れたほうがいい。だとしたら、彼には初めから約束を守る気などなかったことがあきらかになったのはいいことだ。わたしは彼にとって、シドニー滞在中の遊び相手にすぎなかったのだ。

ラーラはふいに一刻も早くその場から逃げ出したい衝動に駆られた。美しくも冷酷な人のもとを離れて、家まで走って帰りたい。ヴィヴィの顔が見たい。幼い娘をしっかりと抱きしめたい。

　だがラーラの誇りがそれを許さなかった。彼女は彼に軽く手を振って言った。「お互い、あまり真剣に考えないほうがいいわ。それに、あれはある種の取引だから、どちらが身を引いてもうらみっこなしよ。それにしても、両方とも約束を守らなかったとはね。でも、後悔はない――そうでしょう?」

　ラーラはそう言って引きつるように笑い、手荒くドアを閉めた。あのときわたしがアレッサンドロと共にアメリカに行くために、どんなにいろいろと準備したかを知ったら、彼はきっと小躍りして喜ぶだろう。わたしがどれほど彼を愛していたかを、わずかでも知ることがあったら。

　ラーラはふと大事なことを聞き忘れたことに気づいた。こうなったら、いっきに片づけたほうがいい。これ以上傷つくことなどないのだから。

　ラーラはふたたびアレッサンドロのオフィスのドアを開け、部屋をのぞきこんだ。彼はファイルをにらみつけたまま立ちつくしていた。

「ところで、アレッサンドロ」ラーラは静かに言った。「ここには奥様も一緒に来ているの?」

　彼ははっとしたように顔をあげると、しばらくラーラを見つめていたが、やがて答えた。「妻? ぼくに妻はいないよ、愛する人(カリッサ)」

　今度はラーラが息をのむ番だった。

「ラリッサよ」彼女はいらだたしげに訂正した。「ラーラの愛称は」

4

アレッサンドロはホテルのジムで思いきり汗を流したあと、部屋のシャワー室で全身を泡だらけにしながら考えていた。

面接は期待どおりにはいかなかった。いくら当然の報いとはいえ、会社の重役という立場を利用して部下の女性を罰するなんて、男として卑怯ではないのか。

アレッサンドロはシャワーの栓をひねると、勢いよく落ちる湯の下に立った。針のように肌に突きささる湯が、喉元にひっかかったやりきれなさを流してくれると思いたかった。

たとえどんなに正当な怒りであろうと、それを相手にぶつけて傷つけるのはまちがっている。しかも、あの面接において、はるかに有利な立場にいたはずの自分が完全な勝利をおさめたようにも思えない。

ラーラが約束の場所に行かなかったことを認めたときのことを思い出すと、なぜか胸が締めつけられた。アレッサンドロは決して夢想家ではないが、そう認めたときの彼女の目には彼の心を揺さぶるなにかがあった。もしかしたらあの日、彼女にはやむを得ず来られなかった事情があったのではないのか。

だが、これまでいったい幾度そんなふうに自分に言い聞かせたことだろう。そしてそのたびに、その可能性がゼロに近いことを思い知らされた。だったらラーラはどうして連絡をしてこなかったのか。なぜぼくが何度電話をしても出なかったのか。

たとえ直接話すことが無理だったとしても、伝言くらいはできたはずだ。

アレッサンドロはシャワーを止め、タオルで体を拭いた。今日ラーラと会ったとき、ふたりのあいだにはまちがいなく電流のようなものが流れた。それが彼女への欲望であろうがなかろうが、まちがいなくぞくっとする経験だった。柔らかい胸毛におおわれた胸や長い手足を拭いながら、アレッサンドロは思った。いっそ、なぜ約束を破ったのかはっきりたずねたほうがよかったのではないのか。彼女に弁解の余地を与えるべきだったのではないのか。

だがアレッサンドロはうめき声とともに、その考えを否定した。そんなことをすれば、彼女の前にひざまずき、自分の愚かさをさらけ出すだけのことだ。

さっぱりした体にふんわりとバスローブをまとってから、鏡で髭(ひげ)ののび具合を確かめた。髭を剃(そ)る必要はあるだろうか。もし今夜女性に会うつもりなら、むろん剃らなくてはならない。

きっと、ぼくがいま一番必要としているのはそれかもしれない。誰か女性を誘って、ラーラ・メドーズのことを完全に頭から消し去る。

昔からの方法だが、問題はそれがいつも有効とはかぎらないことだ。

アレッサンドロは鏡から離れると、部屋の奥のミニバーからブランド物のウィスキーのミニボトルを取り出してグラスに注(つ)ぎ、氷をいくつか放りこんだ。

角部屋のスイートには両方向に大きな窓があり、港街の見事な風景が一望できた。アレッサンドロは、港の向こうで輝く姿を誇っているオペラハウスをぼんやりと見つめた。そして一方の窓に近づいて、ジョージ通りの光の氾濫に目をやった。

これから出かけて、シドニーの夜を楽しむのも悪くはない。そうでもしないと、たったひとりで長く退屈な夜を過ごすことになる。だが皮肉にも、彼がこの地で知っている女性といえば、親戚の家に泊まりに行ってしまったドナチューラをのぞけばひとりしかいない。しかも、きっとその女性は、アレッサンドロとだけは絶対に夜を過ごしたくないと思っているはずだ。

彼はため息をつきながら窓から離れた。ザ・シーズンズホテルに泊まると決めたのは、ここがスティレット出版社から二ブロックしか離れていなかったからだ。旧市街のこのあたりにはレストランがたくさん軒を並べ、サーキュラー・キーにも近い。しかし、恋人たちが好む薄暗くてロマンチックな内装の店で、ひとり食事をするのはなんとも気が進まない。いっそルームサービスでも頼むことにするか。

だがラーラに電話をして、スティレット社での仕事についてあれこれたずねるというなら、話はまた違ってくるのではないか。どこかで会う約束をして、ディナーでも一緒に食べながら。

いったいなにを考えているんだ！　どうかしている。ラーラのことだから、ぼくが仕事を口実に食事に誘っていることくらいすぐにわかるだろう。それに、いったいいつからアレッサンドロ・ヴィンチェンティともあろう者が、女性を誘うのにわざわざ口実を必要とするようになったのだ。

またもや底なし沼に足を突っこむつもりなのか。

たしかに、ラーラはぼくを袖にした、たったひとりの女性だ。しかも残酷なやり方で。だが、六年前になにがあったにしろ、ふたりのあいだに、いまもって肉体的に惹かれあうなにかが存在するのはまちがいない。オフィスで倒れそうになって彼女を抱きしめたときのことを思い出し、体中の血が騒ぐ。

あのときもしぼくがキスしていたら、ラーラはまたたくまに炎となって燃えあがっただろう。そして、彼女の口からあえぎ声がもれるまで数分とかからなかったはずだ。

そこまで思って、アレッサンドロははっとした。もし彼女と会ったことで、ぼくがそこまで動揺したのなら、ラーラもまた同じではなかったのか。いったい彼女はいまどんな生活を送っているのだろう。

面接のときには誰かが待っているとか言っていたが、もしかしてあれは彼女のプライドが言わせた言葉ではないのか。誰かと一緒に住んでいるなら、普通は仕事が終わったあとで待ちあわせなどしない。家に帰ればすむのだから。

もしかしてラーラはぼくに会ったことでひどく神経質になり、ぼくの前からさっさと逃げ出すための口実を考えただけではないのか。

もしかしたら、ラーラはひとりで暮らしているのかもしれない。

アレッサンドロはバスルームに引き返すと、黒い大理石の洗面台の上にウィスキーのグラスをおいた。

さてと、シェービングクリームはどこだったかな?

5

裏切られ、涙にくれて終わったはずの恋に、ふたたび火がつくことなどあるものだろうか。いや、ない。たとえ胸が張り裂けそうになり、膝ががくがくしたとしても、それは過去の記憶がもたらしたもので、現実という厳しい光に照らされれば、すぐにも消えていく運命にある。

だとしたら、いきなり宇宙が高速回転を始めて、すべてが制御不可能になったようなこの思いはいったいなんだろう?

ラーラが家の門を開けたとき、すでに通りには街灯がともっていた。ニュータウンはかつて自由人と呼ばれた人々が集まり住んだ地域で、いまでもそのころの雰囲気が色濃く残っている。ラーラの母親が一階に、ラーラとヴィヴィが二階に住んでいる古めかしい家にも、どこか懐かしい風情が漂っている。それにアレッサンドロが戻ってからというもの、ラーラにはふたたびすべてが生き生きと華やいで見えはじめていた。

だがアレッサンドロとの面接は彼女を深く傷つけた。いったいどうして、わたしは昔の約束の話など持ち出したりしたのだろう？　ラーラは自問した。きっと、可能性は皆無に近いとはいえ、彼が約束を守ったのではないかという不安を取りのぞきたかったのだろう。しかしその結果、いやというほど皮肉を浴びせかけられた。それにしても、彼はどうしてまたあんなに腹を立てたのだろうか。

だいたい、ほかの女性と結婚すると決まっていながら、なぜわたしとあんな約束をしたのだろう？あの冷淡な態度は罪の意識の裏返しなのだろうか。

ラーラはギリシア人の経営するデリカテッセンで買い求めたものを玄関前の階段におろして、ドアの呼び鈴を押した。

すぐに母親のグレタが二匹の猫とヴィヴィを従えてドアを開けた。ヴィヴィが勢いよく抱きついてきて、ラーラは危うく階段を踏みはずしそうになった。

「おばあちゃんとパンケーキを焼いたの。でも、夕食も食べられるから大丈夫。吐きそうになるまで食べなかったから」ヴィヴィが早口でまくしたてた。

「そうだといいけど」ラーラは娘を抱きしめて、音をたてて頬にキスをすると、母親の頬にもキスをした。「ママ、遅くなってごめんなさい。新しい経営者側との面接があったものだから」

「いいのよ」グレタが青い目を輝かせた。「ねえ、誰かすてきな男性はいなかったの？」グレタはそう言ったものの、娘の表情に気づいてあわてて言いなおした。「まあ、機会はまだいくらでもあるわね。

さてと、わたしはリハーサルに出かけるわ」

母親は外の階段から荷物を運び入れ、自分の部屋に戻って出かける支度をした。ラーラとヴィヴィは二階にあがった。

ヴィヴィが部屋から部屋を走りまわり、自分が散らかしたものを集めてまわっている姿を見て、ラーラは思った。この子はなんてアレッサンドロに似ているのだろう。とっくにわかっていたことだが、今日久しぶりに彼と会い、あらためてその事実に驚かされた。

六年前、自分が妊娠しているとわかったとき、ラーラはなんとか彼と連絡を取ろうとした。それができないとわかってからも、万が一彼に会うようなことがあれば、正直に真実を告げようと思っていた。にもかかわらず、実際彼に会ってみると、それが予想していたよりもずっと大変だということを思い知らされた。今日会ったアレッサンドロは、彼女が知っていた彼とは違っていた。ヴィヴィの父親は地球の裏側で見知らぬ人となっていたのだ。

ヴィヴィはまだ五歳だ。見知らぬ父親の出現をいったいどう受けとめるだろう。

相変わらずヴィヴィは、その日一日の出来事をすべてラーラに報告していた。ラーラにとって、それは一日でもっとも幸せな時間だったが、頭のなかでは、母親のグレタにはどこまで話そうかと考えていた。もちろんグレタには、ヴィヴィの父親の名前は言ってあるが、その彼がふたたびラーラの生活に関わってきたことまでは話していない。

もし話したら母はいったいなんと言うだろう。夕食のテーブルで、嫌いなグリーンピースをひとつひとつレタスの下に隠している娘を見つめながら、ラーラは考えこんでいた。〝すぐに、すべてを話しなさい〟母はきっとそう言うだろう。彼には知る権利があるし、ヴィヴィにとってもそれは同じだ。アレッサンドロが、ラーラに娘がいることを耳にするのは時間の問題だ。そしてヴィヴィの年を知れば、たちまち事実を探りあてるだろう。

寝る前のひととき、ヴィヴィに『人魚姫』を読みきかせながら、ラーラは娘の顔にアレッサンドロの面影を重ねずにはいられなかった。ヴィヴィは、お気に入りの人形を抱きしめながら真剣に耳をかたむけていた。娘はその人形を、オーストラリアの人気女優の名前を取って、カイリー・ミノーグと呼んでいる。

父と娘が似ているのは、黒い瞳と豊かな髪だけではない。ヴィヴィの幼い顔からは、アレッサンドロのいたずらっぽくて、からかうような表情すら早くもうかがうことができた。ほかにも、はかりしれないほど深い……。深いって、なにが？

ラーラは思わず首を振った。どうかしている。ヴィヴィはまだわずか五歳なのだ。久しぶりにアレッサンドロに会って、わたしは気が動転している。彼という男性はあまりにも印象が強烈すぎて、会う人を落ち着かなくさせる。

同時に……人にエネルギーを与えることも認めざるを得ないだろう。

ここはある意味、正念場だ。アレッサンドロに真実を告げないことは、すなわちヴィヴィから父親を奪うということだ。一方、アレッサンドロに話して、彼が育児に参加することを望んだなら、すべてがどうしようもなくややこしくなるのも事実だ。それに、地球の裏側に住んでいながら、どうやって育児に関われるというのだろう？　きっとヴィヴィはひどく混乱して不安もおぼえるはずだ。この子にそんな思いを与えるくらいなら、父親などいないほうがいいのではないだろうか。

それに、彼の今日のあの態度……。

いったい彼の妻はどうなったの？　絵本を閉じて、

ヴィヴィをカイリー・ミノーグ人形と一緒に布団にくるみながら、ラーラは思った。

ただ、なにがどうあろうとも、ひとつだけ否定できない事実がある。それは、わたしとアレッサンドロのあいだには、いまだにはっとするほど強烈な性的反応が存在しているということだ。うっかり彼とぶつかってしまったとき、わたしの体は激しく震えた。あれは、本当に偶然だったのだろうか。列車に乗って家に戻る途中、ラーラはずっとあのとき自分自身が示した性的な反応について考えていた。

六年間も男性に触れていなかったのだから、当然と言えば当然ではあるけれど。

ヴィヴィを寝かしつけ、キッチンの片づけも終わったとき、電話が鳴った。きっと母だ。リハーサルから戻ってきて、誰かの噂（うわさ）話でもしたいのだろう。

ラーラは受話器を取りあげると顎にはさんで、ゴム手袋を脱いだ。「ハイ、あがってきて」

電話の向こうに沈黙が落ち、やがて声が聞こえた。

「きみは誰の電話でもそんなふうに言うのかい？」

ラーラは凍りついた。よく響く、ティラミスのように甘いアレッサンドロの声に、背骨がうずく。

「アレッサンドロだ」ラーラがなにも言わないので、彼が言った。

「わかっているわ」ラーラはようやく言った。

「話があるんだが」

「このわたしに？」ラーラは冷たく答えた。

「会って話したい」

ラーラの体を興奮が駆けめぐる。「それは無理よ」

「だけどきみは、いま家にいるじゃないか」

ラーラはさっとヴィヴィに目をやった。「でも、外に出られないの」

「だったら、ぼくがそっちに行く」

彼女の頭のなかで非常ベルが鳴り響いた。「いいえ、だめ！」必死に頭を回転させる。「あなた、面接の席で言ったはずよ。お互いに、会ったこともないことにしようって。忘れたの？」

「だが、きみは賛成しなかった。そうだろう？」ラーラが黙っているので、彼はなおも続けた。「きみだって、ぼくたちが話しあうべきなのはわかっていると思うが？」

これまでのことはいっさいなかったことにしようと言っておきながら、いまさらなにを言っているのだろう。

「話しあうって、仕事のこと？」

「ほかになにがあるんだ？」

ラーラの胸が騒いだ。会社のことで話がしたいなら、ほかにいくらでも適任者がいるはずだ。それに、なにも今晩でなくてもいいはずだ。となると、アレッサンドロはわたしに会いに来たの？

ああ、神様。どれほど互いに否定しあってみても、ふたりのあいだにはいまだにめくるめくような化学反応が存在する。ああ、どうしよう。それにわたしは、彼に会いたい。もしどこか別の場所で会えるのなら……。

彼が言った。「二、三分でそっちに着く」

「えっ？」ラーラは息をのんだ。

グレタに電話をしたが、まだ戻っていなかった。そしてふと、トラックパンツに古びたセーターをはおっている自分の姿に気づいた。

ラーラは寝室に駆けこむと、よそ行きのジーンズとトップスを引っぱり出した。しかし赤いトップスは体の線が出すぎて、彼にとんでもない誤解を与えかねない。冷たい風にひと吹きされるだけで、胸の先の膨らみが浮き出てしまうはずだから。ラーラはトップスを脱ぎ捨て、代わりにシャツを着こんでその上にベストをはおった。

窓に駆けよって外をのぞくと、通りの向こうに黒い車が停まるのが見えた。ラーラはあわてて窓から飛びのき、どうしようかと迷った。外へ出てポーチで話そうかしら。最悪の場合、グレタの部屋に通すという手もある。

いえ、それはだめだわ。

グレタの部屋にはヴィヴィの写真がたくさん飾ってある。しかし、このまま彼をこの部屋に通して、子どもがいることを知られたら大変だ。ヴィヴィに心の準備をさせることもできなければ、時機を見はからって彼に告げるという計画も水の泡になる。

ラーラは両手をよじりながら部屋のなかを行ったり来たりしていた。

階下でグレタの部屋の呼び鈴が鋭く鳴った。呼び鈴に応えようとする思いと、なんとしても娘を守りたいという思いに引き裂かれ、ラーラは行き場を失った雌トラのようにヴィヴィのベッドに駆けよると、しっかり布団でくるみなおした。

6

アレッサンドロは三十七番と書かれた建物のドアをじっと見つめていた。通りにそって長々とのびる建物の三十七番は、ほかと同様に一階と二階に分かれていて、それぞれにバルコニーがあり、二階の模様入りの鉄製の手すりにはツタがからまっていた。スズカケの並木通りは落ち着いた雰囲気をかもし出し、南半球の冬の訪れとともに、最後まで残っていた葉がいまにも木から離れようとしていた。

二階の窓には明かりがついていて、薄いカーテン越しにちらりと人影が見えたような気がした。ラーラだ。そう思ったとたん、彼の血が騒いだ。車から降りようとしたとき、一台のタクシーが近づいてきて家の前で停まった。アレッサンドロはドアのハンドルに手をかけたままじっと様子を見ていた。

　タクシーから降りてきたのは女性だった。ゆったりとしたコートを着ている。街灯の明かりで年配だということがわかった。楽器のようなものを抱えていて、三十七番のドアの鍵を開けてなかに入っていった。すぐに一階の部屋の明かりがともった。

　アレッサンドロはゆっくりと車を降りると、通りを横切って、三十七番のドアのベルを押した。

　出てきたのは、さっきの女性だった。薄茶色の髪を首の後ろでまとめていたが、細面の顔といい、意志の強そうな顎といい、ラーラそっくりだった。

　まちがいなくラーラの母親だ。

　やはり、ボーイフレンドとは住んでいなかったのだ。彼の顔に勝ちほこったような表情が浮かんだ。

「ぼくはアレッサンドロ・ヴィンチェンティといいます。ミス・ラーラ・メドーズはこちらにお住まいですか？」

　その女性は一瞬驚いたようだったが、すぐに目を輝かせて言った。「ええ、そうです。ちょっと待ってくださいね、いま呼んできますから」そして、すぐに言った。「ほら、いらしたわよ。ラーラ、こちらの方がご用だそうよ。たしか、ミスター・アレッサンドロ・ヴィンチェンティでしたね？」

　アレッサンドロがゆっくりとうなずいた。

　ラーラは階段の上で彼と母親のやりとりを聞いているうちに、胃がひっくり返りそうになった。階段を転げ落ちなかったのが不思議なくらいだ。

　戸口に立つアレッサンドロは、いつにもまして魅力的だった。ラーラは彼に見つめられて階段をおりながら、昔と変わらない強いときめきを感じた。

　アレッサンドロはカジュアルなジャケットとスラックス姿で、黒いVネックのカシミアのセーターを合わせていた。セーターの黒がオリーブ色の肌に映え、瞳に深みを与えている。そしてラーラを見たとき、その瞳に満足そうな表情が浮かび、ラーラの体の奥がうずいた。

あわてたラーラはなんともばかげた挨拶をした。

「その……アレッサンドロ、お元気？」

「ああ。きみは？」

「ええ、元気よ……。ここはすぐにわかったかしら？」

「GPSがあるから簡単だよ」

ラーラは母親をちらりと見てから早口で紹介した。

「母のグレタよ」そしてグレタの方を向いて言った。

「こちらはアレッサンドロ――スティレット出版の建てなおしにいらしたの。その件で、わたしにききたいことがあるんですって」

本社の重役が、シドニーにやってきた最初の夜に社員の家を訪ねてくるなどということに対する、ありそうもない言いわけにラーラは顔を赤くした。


だが彼はグレタの手を取って言った。「お会いできて、うれしく思います、シニョーラ・メドーズ」

グレタがその言葉を聞いてうっとりしている。

グレタが彼を家のなかに招き入れたりする前に、ラーラはあわてて言った。「大変だわ、ママ。二階に行って、わたしがアイロンのスイッチを切ったかどうか見てきてくれる？」

グレタはすぐにぴんときた。「わかったわ。火事になったら大変ですものね。ほら、お客様をいつまで寒い外に立たせておくつもりなの？」

母親が行ってしまうなり、ラーラは言った。「来ないでって言ったはずよ」

「まあまあ。お互い、会えてうれしくないふりはやめにしないか。ところで、夕食はすんだかい？」

ラーラは胸の前で腕を組んだ。「うぬぼれないで。わたしが一緒に出かけるはずないでしょう。あなたって本当に傲慢で……」彼女は黙りこんだ。

アレッサンドロがにっこりと笑い、まなざしがふいに温かくなった。

「〝ろくでなし〟と言いたいんだろう？　〝ろくでなし〟だからこそ、自分を守ろうとやっきになっている女性に会いに来たのかもしれないな」

ラーラはどきっとした。いったいどういう意味？誰からヴィヴィのことを聞いたのだろうか。だが、彼の目は相変わらず笑みをたたえている。

「とにかく」彼女は言った。「夕食はすませたわ」

「こんなに早く？　来る途中にビアレストランがあったけど、あそこでワインでもどうかな？」

会社であんな態度をとっておきながら、よくもまあ言えるものね。だがアレッサンドロは、わたしが断るなんて思っていないようだ。それに、わたしも断るつもりはない。彼に真実を話す絶好の機会が訪れたのだ。これを逃す手はないわ。

それに彼も、どうやらわたしへの態度をあらためることにしたようだから、このまま感情的にならずに冷静に話せばいい。

実際、少し気持ちがおさまれば、きっとそうできる。血管を駆けめぐるこのざわめきがしずまれば。

それに、せっかくすてきな人が誘ってくれたのに、それをそっけなく断るほどわたしは弱虫ではない。女手ひとつで子育てをしてきた女性なら誰だって、そんなひとときを歓迎するはずだ。

ラーラは向かいの家の窓から、デート相手に不自由しないフライトアテンダントがこちらをのぞいているのを期待しながら、コートを着て外に出た。

ふたりは猫の額ほどの前庭がある家々の前を通り、葉が落ちたスズカケの木や街灯の下を肩を並べて歩いた。ラーラは自分がその一瞬一瞬をどんなにいとおしく思っているか、彼に気どられないよう用心した。すべての始まりもまた、こんな感じだった。

当時のことが鮮やかによみがえってきて、ラーラの心は震えた。ふとした拍子にふたりのてのひらや肩や腰が触れあい、そのたびに、彼女の体に昔と同じときめきが走った。ラーラは彼から少し距離を取って空を見あげた。まるで街の明かりで見えない天の川が、彼女の興奮をしずめてくれるとでもいうように。

この六年間、修道女のような暮らしをしてきたのがいけなかった。そのせいで、長身でハンサムなイタリア人が持つ魅力への抵抗力を完全に失ってしまったようだ。だが、今夜ほど頭を冷やす必要がある夜はない。わたしがなにを言おうと、そのすべてがこれからのことに大きく影響してくるのだ。

「まさかきみが、いまもってご両親と暮らしているとは思わなかったよ。でも、あのころはたしか、ブルーマウンテンズのビンディノングに住んでいたんじゃなかったかな?」

ラーラはうなずいた。「父が亡くなったので、母と一緒にシドニーに引っ越してきたの」

アレッサンドロがふいに歩みを止めた。「お父さんが亡くなった? それはお気の毒だったね。病気かなにか……?」

「いいえ、父は……山火事で亡くなったの。あの夏、異常なほど高温の日が続いて……」そこまで言って、ラーラは黙りこんだ。そして息を吸いこむと、短く言った。「とにかく山火事で家が焼けて、わたしたちはすべてを失ったの。それで、母が新しい場所で出なおしたいと言って……」

「なんてことだ(ペル・カリタ)」アレッサンドロは心底驚いたようで、慰めるかのように指の関節で彼女の頬をそっとなでた。

ほんの一瞬とはいえ、そこにはやさしさがこめられていて、ラーラは思わず下を向いてしまった。できることならこのまま彼の胸に顔をうずめ、なにもかも話してしまいたい。しかし、会社での彼の冷たい態度を思い返し、ラーラはぐっと自分を抑えた。おきてしまったことをいつまでもくよくよしても仕方がない。

それに、いまさら家族を襲った惨劇が原因で、彼との大事な約束を守れなかったと言ってみたところで、なんになるだろう。彼はすでに結婚してしまったのだ。

そんなラーラの思いをからかうかのように、アレッサンドロが彼女の腕をつかんだ。「お父さんのことは心からお悔やみを言うよ、ラリッサ」

ラーラはまたもや彼の胸に飛びこみたい衝動に駆られた。昔彼だけが使っていた愛称で呼びかけられ、心の底から案じているような目で見つめられると、かつて自分が愛したアレッサンドロがふたたび戻ってきたかのような錯覚に襲われる。

でも、女性にそう思わせることくらい、アレッサンドロには実に簡単なことを忘れてはだめ。ラーラはそう自分に言い聞かせながらも、彼の黒い瞳の奥に、会話とは関係のない、熱く本能的な輝きが宿っていることに気づかずにはいられなかった。

ラーラはどきっとした。もしかしたら、彼はわたしにキスをしようとしているのではないかしら。いえ、キスだけではない。もしわたしが彼の唇に視線を走らせでもしようものなら、きっとふたりは……。

「ええ、悲しい出来事だったわ」ラーラは必死に視線をそらそうとした。「でも、母もわたしもなんとか乗り越えたわ。それに、わたしたちには……支えになるものがあったから」ラーラはかすれた声で言った。どうやら危機は脱したようだ。

ふたりは、たくさんの店が軒を並べるにぎやかな通りへと入っていった。ニュータウンという地域はちょっと風変わりな魅力で、昼夜を問わず大勢の人々を引きつけていた。バーや劇場は地元の人々であふれ、無国籍風のカフェの外には椅子やテーブルが並び、デリカテッセンは有機野菜を買いに来る客で夜遅くまでごった返している。フレンズ・デザイン・ギャラリーの前で、長髪を細かく編みこんだ男性がサックスで《アンチェインメロディ》を奏で、通りの向こうのギリシア料理店からもれてくるブズーキの音と張りあっていた。

ラーラはポケットに両手を入れてコートの前を引きよせた。寒くはなかったが、興奮で体がかすかに震えていた。それは、彼にこれから告げなくてはならないことが原因なのだろうか。

アレッサンドロは、わたしの爆弾宣言を冷静に受けとめられるだろうか。

ビアレストランは窓の日よけが大きく張り出していて、奥にバーカウンターがあり、壁面の一部がくぼんだ居心地のよさそうな空間には、テーブルと布張りのバンケットシートが置かれていた。

アレッサンドロはラーラをそこに案内すると、テーブルの角をはさんで互いに直角になるよう座った。それからおもむろにワインリストを取りあげ、彼女にも見えるようにと体を少し寄せた。ふたりの腕が触れ、肌に彼の熱が伝わってくる。

バーテンダーはレストランのウエイターも兼ねていて忙しく、おかげでゆっくりと飲み物を決めることができた。

ようやくやってきたウエイターにボルドーの赤のメルローを注文すると、アレッサンドロは椅子に背をあずけてラーラの顔や手や喉元に視線を走らせた。

その視線を嫌というほど意識しながら、ラーラは思った。別れた恋人に再会したときって、誰もがこんなふうなのかしら。いったんついた火はいつまでもくすぶりつづけ、会うたびに再燃する危険性があるのだろうか。

ふたりの前にワインが運ばれ、アレッサンドロがグラスを掲げた。「乾杯(サルーテ)」

ラーラは目をあげて、目の前の瞳が黄金色に燃えているのに気づくと、胸をどきどきさせながらうつむいた。彼のなにげない仕草やリラックスした唇が、かつての歓(よろこ)びを思い出させる。

ふたりが愛しあっていたとき、アレッサンドロはよくこんなふうな目でわたしを見ていたものだ。だが、こんな大事なときに、彼の誘惑に負けるわけにはいかない。

ラーラはヴィヴィのことを思った。娘のことを話したら、彼はどんな反応を示すだろう。

「さて、少しきみのことを話してくれないかな？　つきあっている人はいるのかい？」アレッサンドロがきいた。

いかにもなにげない問いかけだったが、彼が息を押し殺して返事を待っているのがわかった。

「特には、いないわ」

アレッサンドロが眉をあげた。「それはまた、どうして？」

ラーラはグラスをまわしてふわりとたちのぼる香りを楽しみながら、乾いた唇をワインで湿らせた。

「べつに理由なんかないわ」ラーラはそう言って彼を見あげた。「あなたは？」

アレッサンドロが首を振った。「いない」

「でも……いたはずよ」ラーラはさらりと言った。

「奥様が」

彼がテーブルに目をやった。「ああ、ほんの短いあいだね。だがあれは……まちがいだった。お互い事情があって一緒になったが、結婚すべきではなかったんだ」

その言葉に、ラーラは怒りをおぼえた。だったら、どうして結婚なんかしたの？

「彼女は、わたしとつきあう前からの知りあいなのね？」ラーラはあえて明るくたずねた。

「ああ、幼なじみだ」

そんなに昔から？　ラーラはやりきれない思いがした。彼のすべてを知りつくしている女性に勝てるはずなどない。

「わたしのことは話したの？」

「ああ、すべて話した」

「それでも彼女は結婚したのね？」

ああ、わたしには貴族の考えることなんか一生理解できない。彼の住む世界では、きっと結婚と愛は別のものなのだろう。

それでもラーラはきかずにはいられなかった。

「あなたは彼女を愛していたの？」

アレッサンドロの目がきらりと光った。「その問いにぼくがどう答えようと、きみのぼくへのうらみは消えないと思うけど？」

「すると、愛していたのね」ラーラは痛みに胸をえぐられながら、あえてほほ笑んでみせた。

「なんだかうれしくなってきたね。どうしてきみが、そこまで気にするのかな？」

「気にしてなんかいないわ」ラーラは即座に言い返した。しかし、自分の声が震えていることに気づき、あわててグラスをおいた。

すると驚いたことに、アレッサンドロがふいに身を乗り出してきて彼女の顎に指をかけ、顔をあげさせた。そしてさっと、しかし燃えるようなキスをした。ラーラは雷にでも打たれたかのような衝撃をおぼえた。しかし彼女の唇は、砂漠が水を求めるように彼との触れあいを渇望していた。アレッサンドロがそのしなやかな指で彼女の手をつかむと、ラーラの胸の先端を欲望が貫いた。

抵抗すべきなのは、わかっていた。しかし、彼の舌がラーラの舌をからめとり、ふたりの吐息が熱く混じりあうと、ラーラは思わずうっとりしてしまった。これはいつもの夢なのではないかしら。

アレッサンドロの男らしい感触とにおいがラーラ

の五感を刺激し、薄いブラジャーの下で胸が膨らみ、下半身がずきずきしてきた。

そのとき周囲のざわめきが戻ってきて、ラーラは自分がいまどこにいるかに気づいた。同時に、アレッサンドロもまたはっとしたように体を離した。

あわててあたりを見まわしたが、幸い誰にも見られなかったようで、ラーラは安堵のため息をついた。近くの客たちはすでにレストランの方に案内されて姿がなく、ウエイターたちも忙しそうに動きまわっている。

ああ、神様。ラーラの胸の鼓動が激しくなり、警告を発した。この世にアレッサンドロほど危険な男性はいない。またもやわたしを誘惑し、いつのまにか理性も責任感も忘れさせるとは。

これでは、まったく前と同じではないだろうか。

楽しいおしゃべり、気持ちのよい散歩。肩と肩が、手と手が触れあって、彼が髪をなで……。

そして羽根のようにやさしいキス。

そのキスが……荒々しい欲望に変わり、互いに激しく求めあう。

そしてホテルの部屋。ああ、あのホテルの部屋……。あとは、夢中で体をからみあわせる。

だが今回、アレッサンドロはそのプロセスをいくつか飛ばし、すぐに欲望の段階へと進んだ。しかしラーラには、以前にもまして彼を拒否しなくてはならない理由がある。前と違うとしたら、そこだろう。

それなのに、どうしてこうもやすやすと彼の誘惑に負けたのだろうか。

ラーラは失態を最小限にとどめるために呼吸を整えた。「ねえ、アレッサンドロ、あなたはいったいなにを望んでいるの？　まさか、これまでの年月をなかったことにするつもりではないわよね？　いまのわたしは、もう昔のわたしではないわ。それに、あなたがここにいられるのは数日のはず。実は、わたし――」

アレッサンドロはラーラの手を取ると、ぎゅっと握りしめた。「でも、きみの感触は少しも変わらない」

彼の手の温かさと滑らかさと瞳の輝きがラーラを混乱させ、ふたたび決意をにぶらせそうになった。でもアレッサンドロは、数分前まで妻の話をしていたのではなかったかしら。それにヴィヴィのことを思えば、これ以上の危険は冒せない。

ラーラは彼の手を振り払った。「わたしの……感触なんかどうでもいいわ。あなたには、もっと大事なことを話さなくてはならないの」ラーラは腕時計をちらりと見た。「それに、家にも戻らないと。母は今夜、仕事だし」

「仕事？　こんな遅い時間に？」

「ええ、母は助産師で、今週のシフトは十一時からなの。でも、いましているのはそんな話ではないわ」ラーラは手を振った。そして、彼のからかうような目を見て思った。そういう傲慢な顔をしていられるのも、わたしの話を聞くまでだわ。ラーラは背筋をまっすぐにのばして穏やかな口調で言った。

「実は、わたしには子どもがいるの」

ラーラの言葉に、あたりの空気が核分裂でもおこしたかのように熱くなった。

アレッサンドロは身じろぎひとつしなかったが、黒い目の奥がかすかに動いた。「そうか、きみに子どもがね」彼はうつむいていたが、やがて顔をあげると鋭い目でラーラを見た。「なぜもっと早く言わなかったんだ？」

ラーラは緊張で体がこわばるのを感じた。「もっと早く知らせるべきなのはわかっていたけど、どうしてもあなたと連絡が取れなくて」

「ぼくと？」アレッサンドロが目をぱちくりさせた。

ラーラが黙って見つめていると、やがて彼の目に驚愕（きょうがく）の表情が浮かんだ。そして一瞬目を閉じ、両手をあげて言った。「なんてことだ。で、その子はいま……いくつになるんだい？」

「五歳よ」

「きみは……その子がぼくの子だと言うんだね？」

彼は長い指でグラスを握りしめた。

ラーラは彼の視線を真正面から受けとめて言った。

「ええ、アレッサンドロ。娘はあなたの子よ」

アレッサンドロは胸がしびれるのを感じた。ラーラの目をのぞきこみ、いまのは冗談だという証拠を探す。しかし彼女の目には戸惑いも揺らぎもなく、正直で自信に満ちていた。

「だとしたら……」彼は本能的に距離を取ろうとした。「だとしたら、もっと早くぼくに伝えるべきだったと思うが」彼はラーラの腕をつかんだ。「絶対にそうすべきだった」

「ええ。もしそれが可能だったらね」

ラーラが美しい眉をあげて彼の手を見たので、アレッサンドロはあわてて離した。

「前にも説明したけど、わたしが電話したとき、あなたはすでにハーバードにはいなかったわ」

「でもぼくが、スカラ・エンタープライズに勤務していたことは知っていたはずだ。本社に電話するなり手紙を書くなりすればよかったじゃないか」

「ミラノのオフィスに手紙を出したわ。あなたが、以前そこで働いていたって聞いたから。もっとも、あなたが話していたことがどこまで本当なのかはわからなくなっていたけど」彼の顔に怒りが浮かんだが、ラーラはかまわず続けた。「あなたが結婚したという記事を読んで、わたし……」

「なるほど。それで、きみは連絡をよこさなかったのか。ジュリアの件で」

ラーラもまた怒りを感じていた。「ほかになにがあるの？　あなたの花嫁が子どもの存在を知って、喜んだと思う？　それに、あなたは？」

「たぶん、喜ばなかっただろうね。あの時点では。だが、それはきみには関係ない。子どもをどうするか決めるのは、ぼくなんだから」

「わかったわ。でも、もし知ったらどうしたと思う？　あの子を育てたいと思ったかしら？」

アレッサンドロはラーラをにらみつけた。怒りの感情をむき出しにした目だ。「きみはわかっていない――なにひとつ」

「もちろん、わからないわ」ラーラは震える声をワインでごまかした。こちらの不安を気どられることなく、言うべきことを言わなくては。「それで？　こうして事実を知ったいまは、どうなの？　あなたも育児に参加するの？　父親として？」

アレッサンドロは驚いたようだった。きっと思ってもみなかったのだろう。「参加する？　どうやって？　ぼくの生活基盤はヨーロッパのうえ、世界中を飛びまわっているんだ。それに……その……」彼はあきらかに動揺していた。「とにかく、少し考える時間をくれないか。もちろん経済的な援助はする。それに関しては、まったく問題ない。だが、その……育てるとなると……。それに、きみのほうの望みはなんだ？　きみはぼくになにをしてもらいたいんだ？」

「なにも」

ラーラが答えた。そしてそれが彼女の本心だと気づいて、アレッサンドロは眉をつりあげた。あまりにも思いがけない答えだったのだ。

衝撃につぐ衝撃に、彼は必死に冷静さを保とうとしていた。

「ごめんなさい」ラーラは謝った。「わたしの言い方が悪かったわね。わたしはただ、この事実を知ったからといって、あなたの人生が終わったわけではないと言いたかっただけよ」ラーラは目をそらした。

「オーストラリア人の考え方は、あなたの国の人々とは少し違うわ。シングルマザーだからといって、おかしな目で見られることもないし。だから心配しないで。いま急いで変えなくてはならないことはなにもないから」ラーラはそう言うと、大きく息を吸って彼の言葉をさえぎるように片手をあげた。「それにわたしたち――母とわたしとヴィヴィだけど――いまの暮らしが気に入っているの」

アレッサンドロはいきなりワインを飲みほすと、椅子から立ちあがった。「とにかく、ここを出よう」

7

アレッサンドロは外に出ると夜気を胸の奥まで吸いこんだ。そうでもしないと、なにかを力いっぱい蹴飛ばしそうだったのだ。だが、考えなくてはならないことのあるいま、まずは頭を冷やさないと。

必要とされるのは冷静さと明晰(めいせき)な頭脳だ。奇妙なことに、〝なにも〟というラーラの言葉が、彼に大きな衝撃を与えていた。すなわちラーラは、ぼくのことなど最初から頭になかったわけだ。彼は思わず歯ぎしりをした。しかし、なぜそんなことが気になるのだ。ぼく自身、過去のことにはわずらわされたくないと思っているのではなかったか。だったら、彼女と娘の生活にぼくはいらないと言われて傷つくのは矛盾している。

アレッサンドロは、かたわらを足早に歩くほっそりしたジーンズ姿のラーラにちらりと目をやった。これは本当におきていることなのか。ラーラが妊娠して、ぼくの子を産んだなんて。大きなおなかをしたラーラの姿を想像すると、なぜかどきどきする。そんな彼女を見てみたかったとさえ思う。膨らんだおなかに手をあて、母乳で張った胸に触れてみたかった。ああ、ぼくの頭はどうなっているんだ。

さっきも、まるで六年間の空白などなかったかのように彼女を求めはしなかったか。ホテルの壁に押しつけて、あのすばらしい肉体を欲望のおもむくままにむさぼりたいと思ったのではないか。

アレッサンドロの下半身がとっくに失ったものを求めてうめいた。だがいまは、そんなことを考えているときではない。ラーラは母親で、ぼくは……。

そう、父親だ。

なんという皮肉な運命だろう。このぼくが、いったいどんな父親になれるというのだ。

ふいに、子ども時代の悪夢がよみがえってきて、アレッサンドロに襲いかかった。彼は必死でその悪夢を心の片隅へと追いやった。

ひとつだけ確かなことがある。男のなかには子どもをあずけたり、育てたりするのには絶対にふさわしくない者がいるということだ。そして、そんな親に育てられた子どもが、父親と同じ道をたどる確率もまた高いという。

しかし……本当にそうだろうか。胸の悪くなるような統計に、アレッサンドロの本能があらがう。なにがあっても継父のようにはならないと誓ったぼくが、いつか継父そっくりの、気が弱くて、なにかといえば暴力に訴えるような人間になるものだろうか。

彼はこれまで一度として、ゆがんだ苛立(いらだ)ちや怒りを子どもや女性に向けたことはなかった。それに母親も言っていたではないか。あなたは、亡くなったあなたの本当の父親にそっくりだと。もっとも、背が高く、穏やかだったという実の父親のことは、ほとんどおぼえていない。

しかし、万が一ぼくもまた継父のような人間になったら？　幼いとき、継父の悪影響をあまりに深く受けてしまっていたとしたら？

「アレッサンドロ？」ラーラが彼の袖を引っぱった。「お願い、もう少しゆっくり歩いて。ついていけないわ」ラーラはそう言い、彼の苦悩を読みとったかのように青い目に悲しそうな表情を浮かべた。

いや、これはただの思いこみだ。アレッサンドロは思った。もしラーラがぼくの苦しみに気づいたとしたら、ぼくがどんなに彼女にあこがれ、そして求めていたかもわかっていたはずだ。そして遠い昔のあの夏、ぼくをあんな形で袖にすることもなかっただろう。

アレッサンドロは歩調をゆるめると、つとめて冷静さを装った。「悪かった……」

「わかっているわ。それに、ごめんなさいね。もう少しあなたの気持ちを思いやって話すべきだったわね。いきなりで驚いたでしょう？　ふいにこんなことを聞かされたら、誰だって震えあがるわ」

「たしかに驚きはした」だが、なぜ震えあがらなくてはならないのか。

彼の混乱を感じとったのか、ラーラは続けた。

「あなたにすれば、まずはＤＮＡ検査の結果が知りたいでしょうね。喜んで協力するわ。もっとも、あの子をひと目見れば……」

アレッサンドロが突然歩みを止めた。「待ってくれ。ぼくは、この件にはできるだけ関わりたくないと思っている。だから、詳しいことは聞きたくないし、そのほうがいいと思う」

彼はそう言って顔を赤らめた。自分の言葉があまりにも…

りに冷酷で非人間的に聞こえたからだ。ラーラもあきらかにショックを受けたようだが、すぐにわかったというようにうなずいた。

「DNAについてはぼくが調べて……」アレッサンドロは少し穏やかな口調で言った。「お互い情報を交換すればいい」

「わかったわ」ラーラが彼を見あげて、嘆願するように言った。「お願い、サンドロ。そんなに怒らないで。いまにも雷が落ちそうな顔をしているわよ」

ラーラから、かつて彼女が使っていた愛称で呼ばれ、アレッサンドロの怒りが爆発した。彼は信じられないといった顔で振り返ると、両手を激しく振りながら言った。「ラーラ、いったいきみの望みはなんだ？　きみはこれまでぼくに……子どものことを……五年ものあいだ隠していた。ぼくは……」彼は髪を手でかきむしった。「おかげでぼくは爆弾を落とされたような気分だ。なにしろ、ぼくにも責任があるのだから」

「ええ、わかるわ」彼女の声は震えていた。

アレッサンドロは黙りこむと、ラーラの腕をつかんでいきなり自分の方を向かせた。ラーラの華奢(きゃしゃ)な体から、彼女が持つ生命力が伝わってくる。「それに、どう考えてもおかしい、そうじゃないか？　もしきみにその気があるなら、とっくに連絡してきて、ぼくの援助を受けてもよかったはずじゃないか」

「わたしだって、そうしたかったわ。わたしが女手ひとつで子どもを育てたかったと思う？」ラーラはそう言って彼の手をはねのけた。彼女の言葉には、言いようのない悲しみがこめられていた。

アレッサンドロは思わず顔をそむけた。

ラーラがこれまで経験しただろうさまざまな困難など、できたら想像したくないし、認めたくもない。ああ、ぼくはどうかしている。強い罪の意識が彼をさいなんだ。

次の瞬間、彼の脳裏に六年前の光景が次々と押しよせてきた。浜辺に美しい体を横たえるラーラ、彼の欲望、彼女の純真さ……。

だがアレッサンドロはそれらの光景をあわてて意識の奥に閉じこめると、強引に蓋をした。

「わかった。ぼくが悪かった」アレッサンドロはそう言ってまた歩きはじめたが、ラーラと目は合わせなかった。もし彼女の目を見てしまったら、ぎゅっと抱きしめてしまうだろう。そんなことになったら、その先に待っているものがなにかはあきらかだ。

わずかでも男としての誇りがあるのなら、女性を誘惑し、妊娠させたあげく、次に会ったとたんにまた誘惑するといった破廉恥な行為は絶対にするべきではない。しかも相手は、今度もまたぼくを拒んでいるのだ。

しかし通りを戻って、さっき通った静かな住宅街のなかの並木道に入ったとき、無謀にもアレッサンドロはラーラの手を握りしめたいという衝動に駆られた。しかし、いまの彼に愛を示す行為など許されてはいない。なぜならラーラは、自分の人生に彼は必要ないと言っているのだから。少なくともいまは。そして、たぶんこれからもずっと。

ふたりがブランコや滑り台がおかれた遊び場のそばを通りすぎたとき、ラーラがいきなり足を止めたので、アレッサンドロは危うく彼女とぶつかりそうになった。ラーラの髪のにおいがアレッサンドロの鼻をくすぐる。

「ねえ、見て」ラーラが言った。「砂場にカバーをかけるのを忘れているわ」

「えっ、なにを忘れているだって？」

アレッサンドロはうめき声をあげそうになった。昔のラーラなら、子どもの遊び場などには決して目は向けなかっただろう。

しかし、そんな自分の態度を埋めあわせるかのように、彼はラーラの視線を追い、薄闇のなかに浮かぶ遊び場に目をこらした。

木々の下にぼんやりと色の薄い場所が見えたが、それが砂場かどうかはわからない。そうしているあいだに、ラーラはフェンスとフェンスのあいだのレンガの支柱を軽々と飛びこえてなかへ入っていった。

六年たったいまも、ラーラの身のこなしは実にしなやかで機敏だ。そんな彼女がある時期、大きなおなかを抱えて歩いていたなんて、誰が信じられるだろう。ジーンズの下のほっそりとして長い脚も相変わらず優雅だ。それどころか、ぴったりしたジーンズにおおわれた腰の丸みを見て、アレッサンドロは思い出していた。桃のように滑らかで、張りのある彼女の……。

ああ、一糸まとわぬ彼女の姿を忘れることができさえしたら。

ラーラが肩越しに彼をちらりと見た。そのいたずらっぽい、それでいて無邪気な表情が彼女との熱い思い出を呼びさまし、アレッサンドロは息もできなかった。

あの遠い夏、ラーラはまさしくいまと同じ目で彼を見ていた。

「ねえ、ちょっと来て」

アレッサンドロはフェンスをひとまたぎで越えると、彼女の横に立って長方形の砂場を見おろした。

「これがなにか?」

「カバーがかかっていないの。きっと係の人がかけ忘れたのね」彼女はそう言ってあたりを見まわした。「カバーがある場所は知っているから、ちょっと行って見てくるわ」

ラーラの姿が建物の向こうの闇に消えて、ブロンドの残光だけが彼を手招きするように浮かんでいた。

アレッサンドロは急いで彼女のあとを追いながら思った。ああ、どうしてこんなにこんがらがってしまったのか。なぜぼくたちは、昔のように屈託なく愛しあうことができないのか。

「このあたりのはずだけど」彼女が叫んだ。「ねえ、手を貸してくれる?」

そもそも、あのビアレストランで彼女にキスしたのがまちがいだった。校庭という男女のたわむれにはおよそふさわしくない場所にもかかわらず、階段の下の暗闇に足を踏み入れたとたん、アレッサンドロはラーラを強烈に意識した。あのキスがいまだに大きく尾を引いている。

それに彼女がなんと言おうが、あのとき彼女もまたぼくを求めていた。ラーラも同じ気持ちなのだ。

「ほら、あったわ」そう言って振り向いたとたん、ラーラは彼の目に浮かんでいるものの正体を理解した。彼女の瞳がプロセッコワインの気泡のようにきらめくのを見て、彼の脈は跳ねあがった。

安全灯のかすかな光のなかで、シートをぴんと張った四角い枠のようなものが壁に立てかけられているのが見えた。

ラーラは枠の端に手をかけ、いきなり小さな悲鳴をあげて指を吸った。

アレッサンドロは青くなった。「ほら、ぼくにまかせて」

彼が前に進んで木枠を持ちあげようとしたとき、ふたりの体が触れあって電流が走った。

「とげに気をつけて」ラーラは声をかすれさせ、あきらかに動揺していた。

彼はその枠を、アスファルトで舗装された校庭を横切って、松の木の下にある砂場まで運ぶと言った。

「こんなに晴れた夜なら、カバーをかけなくても大丈夫じゃないのかな?」

ラーラはアレッサンドロと一緒に砂場にカバーをかぶせると、手についた砂をジーンズにおおわれた形のいい腿で拭ってから彼を見た。目は影になって表情は読めなかったが、月光を浴びたハート形の顔が青白かった。

「こうしておけば、猫が入ってこないわ。ヴィヴィは毎日ここでお友達と遊ぶの」

ヴィヴィ。アレッサンドロの胸に熱いものがこみあげてきたが、できるだけ悟られないようにした。

それでも、名前に自動発火装置でも仕掛けてあったかのように、それは彼の胸のなかでぱっと燃えあがり、思いとは矛盾した反応を生み出した。激しい怒りと後悔の念の下に潜む、つかみどころのない魔法の力。かつて彼を惹きつけてやまなかったラーラの魔力が、いままでになく力を増す。ああ、なんということだ。絶対に認めたくはないが、これはまさしく欲望だ。

ぼくに子どもの存在を告げ、ぼくの心の平和を奪ってからというもの、ラーラは母親だけに与えられる不思議な魅力も手に入れたようだ。ぼくの子どもの母親……？

いや、アレッサンドロはあわてて打ち消した。

にもかかわらず、自分の子どもの母親がラーラだという事実は彼の心を激しく揺さぶっていた。怒り、傷つきながらも、彼はラーラに触れたいと思っていた。この校庭の暗い片隅で、彼女を自分のものにしたいと。

震えるような沈黙のなか、ふたりはじっと見つめあっていた。アレッサンドロは下半身のうずきに促されるかのように一歩前に進んだ。そんな彼を、ラーラは松の木をわたる風に髪をなびかせながら、じっと見つめていた。そんな彼女は胸が痛くなるほど美しい。

「ラーラ」彼はかすれ声で言った。「ラリッサ……」

アレッサンドロはラーラの両手をつかんで松の幹に押しつけ、ワインの味のする唇でむさぼるようにキスをした。ラーラもあらがうことなく、ふっくらとした唇を開いて彼を迎え入れ、両手を彼の首にからませて体をぴったりと寄せた。

アレッサンドロは飢えたように彼女の顔や首筋にキスの雨を降らせ、唇と舌で心ゆくまでその味と香りを楽しんだ。

松の木のにおいがたちこめる校庭はひっそりと静まり返り、彼の欲望を邪魔するものはなにもなかった。アレッサンドロの手の動きが大胆さを増して、彼女の体をまさぐっては、てのひらの下に女らしい曲線を感じるたびに、うめき声をもらした。

それからアレッサンドロはいきなり唇を離し、ラーラのシャツのボタンを器用にはずした。彼女のはっと息を吸う音が聞こえる。凍えるような夜、レースの下からあふれ出たラーラの透き通るように白い胸を目にして、アレッサンドロの胸が燃えあがった。この胸を味わいたい。ラーラの呼吸が速くなって、胸が震えるように上下していた。

それでも校庭という場所を考えて、彼はただ眺めるだけで満足しようと心に決めた。しかし運の悪いことに、ブラジャーのホックがすぐ目の前にあった。アレッサンドロは自分がなにをしているのか気づくまもなくそのホックをはずし、彼女の胸の膨らみが手のなかにこぼれた。

ああ、なんて柔らかいんだ。彼は両手でゆっくりラーラの胸を愛撫するとかがみこみ、その美しく繊細な宝物を口にふくんで味わった。ラーラの口からもれるあえぎ声が興奮をあおりたてる。

下着のなかで膨れあがった欲望の証が痛いほどになり、熱く柔らかい彼女のなかに自分を放ちたいという思いが強烈になってくる。

そのとき、車のヘッドライトがさっと松の木を照らし出し、腕のなかのラーラが身を硬くした。アレッサンドロは全身でラーラを隠しながらも、自分の首筋に押しつけられた彼女の顔や、伝わってくる心臓の鼓動、そしてかすかに湿った肌の香りに、いきづまるほどの喜びを感じた。

ヘッドライトが消え、アレッサンドロがラーラを松の木の下にある落ち葉の上に横たえようとすると、彼女は言った。「わたしたち、どうかしているわ。こんなことがおきていいはずなんかないのに」

アレッサンドロはがっかりした。「だが、きみも望んでいた。そうだろう?」

「でも、いまのわたしは昔とは違うわ」ラーラは強い口調で答えると、ぱっと彼から離れて服を整えた。「ふたりとも、もっと大人にならないと」

「ほかにどうすればよかったというんだ?」彼のいらいらした声が静かな校庭に響き渡った。

ラーラがおもむろにベストの前を閉じた。まるで、そうすれば彼の欲望がおさまるとでも思っているかのようだった。アレッサンドロは思わず顔をそむけ、心の痛みがおさまるのを待った。

だが、もう手遅れだ。いいにしろ悪いにしろ、ふたりはすでに越えてはいけない一線を越えてしまった。こうなったら、あともどりはできない。

家までの帰り道、ふたりは黙りこみ、行きどころを失った情熱がくすぶっていた。だがアレッサンドロは思っていた。彼女がなんと言おうと、このくすぶりはやがては解決されるだろう。ラーラには、わからないのだろうか。これがふたりの正直な姿だということが。

家の門まで来ると、ラーラがはれぼったくなった唇を嚙(か)んだ。「あんなこと、するべきではなかったわ」彼女は低い声で言った。「あなたがこっちにいるのは数日で、わたしはあなたの便利な……愛人にはなれないの」

欲求不満の黒い渦に包まれながらも、アレッサンドロは笑わずにはいられなかった。いったいラーラ・メドーズのどこが便利だというのだ。

「たとえ数日とはいえ、人生なにがおきるかは、誰にもわからないものだ、ラーラ」彼は言った。

ラーラの疑わしげな顔つきを見て、アレッサンドロはふたたび彼女の腕に手をかけるのをあきらめた。もう一度柔らかい唇にキスしたかったが、それもやめた。そう、彼女を飢えさせておくことだ。それによって、ぼくへの欲望がいっそうあおられるだろうから。

ラーラの家のポーチには明かりがともり、二階の部屋からぼんやりと光がもれていた。ラーラと離れるのは辛かったが、寄っていくように言われなかったことにアレッサンドロは胸をなでおろしていた。

正直に言って、その部屋で眠っている子どもの姿を見たくはなかったのだ。

8

その夜、アレッサンドロはなかなか寝つくことができなかった。そしてようやく眠りが訪れたとき、夢を見た。夏だった。抜けるように青い空の、オーストラリアの夏。彼は、ポケットのなかに入った曾祖母の婚約指輪をいじっていた。約束を果たすために用意してきた指輪だ。

夢のなかで彼は、緑の小道を、髪をなびかせながら走る女性を追いかけていた。次の瞬間、あたりはすでに夕暮れだった。甘いスイカズラの香りが漂い、心は切なさに満たされていた。その夢には、そんな自分を見ているもうひとりの自分がいた。

走っていた女性が肩越しに振り返った。ラーラだった。ほかに誰がいるというのだ？　彼は手をのばして彼女をつかまえようとした。しかし、とらえたと思ったとたん、彼女は亡霊のように彼の指のあいだをすり抜けていった。見ると彼女は、膝に赤ん坊を抱いていて、彼ははらわたがちぎれるほどの衝撃を受けた。なんとかその子の顔を見ようとしたが、子どもは顔をそむけたままだった。

　目をさますと白々と夜が明けていた。胸がどきどきし、汗をびっしょりかいていた。それだけではない。夢のなかで味わった喪失感が、そのあと何時間も彼につきまとった。

　きっと子どもの名前を知ってしまったからだ。それがぼくの想像力に火をつけたに違いない。どんなに追い払おうとしても、頭のなかに砂場で遊ぶ小さな女の子の姿が浮かんでくる。

　アレッサンドロはシャワーを浴びて髭を剃ると、コーヒーを飲みながら、『シドニー・モーニング・ヘラルド』紙に目を通した。そしてふと気づいた。ぼくがいま抱えている問題など、いにしえの昔から多くの男たちが頭を悩ませてきたことではないのか。これがイタリアなら解決策はひとつ。一刻も早く結婚すること。家族もまたそれを望むはずだ。

　母がこの事実を知ったら、なんと言うだろう。

　ラーラによれば、オーストラリアとイタリアとは違って、そういったことにはふところが深く、シングルマザーへの風当たりもそう強くはないとか。だが、本当にそうだろうか。

　まあ、どちらにしろ、ラーラのように美しい女性は、やがては結婚するはずだ。いまだに独身だということのほうが奇跡だ。とにかく明日にも、彼女と結婚したいという男が出てくるのはまちがいない。ラーラとその子を大切にしたいと思う男が。

　カップを持つアレッサンドロの手が宙で止まった。カップを下におろすと、思ったより力が入っていたらしく、コーヒーが跳ねて新聞にシミを作った。

編集会議で、ラーラはアレッサンドロの顔を見ながら考えていた。昨日ふたりのあいだにおきたことを、あまり大げさに取らないほうがいい。ちょっとキスをして、触れあっただけのこと。それでも、さまざまな欲求を抑えることを強いられているシングルマザーには、刺激が強すぎたかもしれない。そのせいで一晩中、あられもない想像をしたり、ヴィヴィのために自分は正しいことをしたのだろうかと不安に襲われたりした。やはり彼には、ヴィヴィの養育に関わってくれるよう、たのむべきだったのではなかったのだろうか。

だが、それに対して彼がどういう態度をとるかは、予測不可能だ。実際、ヴィヴィのことを知らせたときはかんかんだったのに、次の瞬間にはわたしに熱いキスをしたのだ。

あたりを見まわすと、同僚たちは全員アレッサンドロを見ていて、手元の編集ガイドに目を通している者は誰もいなかった。

社員たちを引きつけるための彼の努力が功を奏したのはあきらかだ。

ラーラは彼が編集ガイドから目をあげて彼女を見るたびに顔を赤くした。

昨日の出来事で、ラーラの胸にもかすかな希望が生まれたのは事実だった。水を求めて砂漠を放浪する人間に、オアシスの幻想を見させるなんて、どこまで残酷なのだろう。

こんこんとわくオアシスの泉に心ゆくまで満たされ、我を忘れる。

長いこと乾燥しきった砂漠を歩いてきたが、わたしだって人間だ。恋愛のAからZまで教えてくれた人――いまは独身に戻り、一緒になることだって可能な人から誘惑されたら、その誘惑におぼれたいと思わないほうがおかしい。

ああ、ふたりの関係がもっと単純だったらどんなにいいだろう。それでもラーラはアレッサンドロの反応が時とともに変わってきているのを感じていた。もっとも、いまでもかろうじてバランスを取っているヴィヴィとの生活に、アレッサンドロを引き入れるのは危険かもしれない。彼がどんな要求を突きつけてくるかわからないのだから。そんなときでもわたしは娘のために強くなれるだろうか。

昨夜家に戻り、ヴィヴィのあどけない寝顔を見て、ラーラはおびえた。もしヴィヴィを取りあげられたらどうしよう。彼はときたま会いに来るだけで満足するだろうか。それとも休暇のたびに、ヴィヴィだけを呼びよせるつもりなのだろうか。わたしの庇護のもとから遠く離れた地に。あるいは……。

ヴィンチェンティ家は裕福だから、わたしが与えられない多くのものをヴィヴィに与えられる。その点を指摘して、養育権を譲るように求めてきたらどうしよう。お金にものをいわせ、あらゆる手段をこうじてきたら……。

「ミスター・ヴィンチェンティ」キルスティンが椅子から身を乗り出して質問した。「あなたとミズ・カペッリはいつまでこちらにいるんですか？」

アレッサンドロがみんなの顔を見まわして答えた。「すべてに満足のいく答えが出るまでは、いるつもりだ」

ラーラの脈が跳ねあがった。彼が新会社の諸問題を解決して、新しい代表取締役を決めて次のプロジェクトに移るまで、そう時間はかからないはずではなかったの？

会議が終わり、みんなのあとについてドアに向かうと、アレッサンドロが彼女を呼びとめた。

「ラーラ、話があるんだがいいかな？」

彼女の胸のなかに、大きな鐘でもついたかのような音が響き渡った。

「はい」事務的に答えはしたが、彼の腕に抱かれたときの感触が魔女の毒のように全身をひたす。

ドアが閉まり、アレッサンドロの黒い瞳に見つめられると、鳥肌が立ってきた。彼はデスクに寄りかかり、口元をかすかにゆがめていた。

「ぼくたちは話しあうことになっていたはずだが。ゆうべは少し……脱線したけど、今夜は……もっと人目につく場所でディナーというのはどうかな？」

「でも、あんなことがあったあとで、それはどうかしら？」

「あんなこと？　校庭でぼくとたわむれたことかな？」

「まあ、そんな……」ラーラは真っ赤になった。

「でも、始めたのはあなただわ」アレッサンドロの眉がつりあがったので、ラーラはすぐに言いなおした。「だけど、気持ちはわかるわ。ひどいショックを受けたあとだったし」

「そう、たしかにショックのせいかもしれない」彼は言った。「あるいは、きみの魅力のせいか、それとも――」

「しーっ」ラーラはあわててドアの方を見た。「冗談はやめて。これがヴィヴィとわたしにとってどんなに大事なことかくらい、わかっているわよね？」

アレッサンドロは長いまつげの影を頬に落として答えた。「ああ。なにしろぼくは自分の都合しか考えない人間だからね」

ラーラは頭のてっぺんから爪先まで赤くなった。

「そんな意味で言ったのではないけど……そう聞こえたのなら謝るわ」

「もちろん、きみにそんなつもりはなかった。ところで、ディナーは決まりだね？」

「わかったわ。でも、あまり遅い時間まではいられないわよ。どこで会いましょうか。あなたの泊まっているホテルはどこなの?」

アレッサンドロがあきれたように言った。「ぼくが迎えに行くから」

「いいえ、街で会ったほうがいいわ」

「どうして?」彼の表情が険しくなった。「ぼくに家に来られるのがいやなのか?」

ラーラは口ごもった。「その……もしヴィヴィがあなたを見たら……」

アレッサンドロが体をこわばらせた。「だけど、大人の男に会うのは初めてというわけではないだろう?」

「もちろんよ。でも、その人たちとあなたは違うから。だって、あなたはあの子の父親なのよ」

「きみはぼくを父親だと紹介するつもりなのかい? 友人だと言えばいいじゃないか」

「でも、あなたの名前を聞けば……」

アレッサンドロは黒い目をぎょろりとさせた。

「彼女はぼくの名前を知っているのか?」

「わたしがあの子に、父親の名を秘密にするとでも思っていたの?」

彼はなにも答えなかった。気まずい沈黙を埋めようと、ラーラは手を大げさに振りながら言った。

「あの子はきっとすごく驚くわ。そのためにも、前もって心の準備をさせておかなくてはならないの。だって、あの子はまだほんの子どもよ」

アレッサンドロは肩をすくめた。「わかった。じゃあ、ザ・シーズンズホテルのバーで七時に」

ラーラはホテルの名を聞いてどきっとしたが、あえて平静を装った。「そう、あそこに泊まっているの?」

「ほかにどこに泊まるというんだ?」彼がにやりと笑い、目が悪魔のように光った。

ラーラはドアに向かい、ノブをつかんだまま言った。「言っておくけど、これは……デートではないわよ、アレッサンドロ」

「ふーん。だったらなんだ？」

「わかっているでしょう。ふたりの大人が夕食をとりながら、話しあうというだけのことよ」

「ふたりの大人ね」彼がからかった。「すべて納得ずくの男と女ということかな？」

「とんでもない。互いに解決すべき問題を抱えたふたりという意味だわ」

ドアが閉まったとたん、アレッサンドロの顔から笑みが消えた。シドニーの出版会社を買収するという話が出たとき、予想しておくべきだった。

だが、ぼくやラーラの思いに関係なく、ふたりは強い絆(きずな)で結ばれているようだ。

それに、その子どもとも。

その子はどちらに似ているのだろうか。きっと母親似だろう。もっとも瞳の色は、黒が優性遺伝だというが。

それにしても、思いがけなくひとりの小さな子の親になってしまったのなら、その子の顔を生涯目にしないなんて、あまりに悲しくはないだろうか。

ぼくの娘の顔を。


ラーラはオフィスに戻ると椅子にどさりと座り、ディナーに着ていくものを考えていた。だが、あと数日で地球の裏側に飛んでいってしまう人の気を引いて、なんになるのだろう。

それにしても不思議だ。昨日の夜アレッサンドロは、ヴィヴィについてはなにも知りたくないと言っていた。それが今日になって……。

そう、今日の彼はわたしの言葉のすべてに注意深く耳をかたむけていた。

9

退社までの時間が永遠にも感じられた。五時になると、ラーラは誰よりも先にオフィスを飛び出して列車に乗った。母親にヴィヴィの世話を頼み、身支度を整えてまた街に戻ってくるためには、できるだけ急いで帰宅しなくてはならない。

服は、あの黒いドレスでいいだろうか。会社のパーティ用に買ったもので気に入ってはいるが、アレッサンドロが妻に選んだ女性は最先端のファッションを身につけていた。しかし、そんな人と張りあおうと思うほうがどうかしている。

ああ、そんなつまらないことにこだわる自分が情けない。六年前のわたしなら、服装のことなど気にもとめなかっただろう。あのころのアレッサンドロは、わたしがどんな服を着ようと、ただうっとりと眺めていたものだった。

少なくとも、わたしにはそう思えた。昨夜のアレッサンドロもまたそんなふうだった。しかし問題は、そんな彼にわたし自身があわててしまったことだ。そのせいでお互いに意識しあい、あぶないところだった。だからといって彼を責めることはできない。わたしだって同じ思いだったのだから。

だが、ヴィヴィのためにも自分の思いは無視しなくては。話しあいがどう発展するにせよ、あの子の将来を左右することになるのだから。

それでも、黒いレースのブラジャーとショーツ、それにシルクのような風合いの、すべりどめのついたストッキングをはいた自分の姿を鏡のなかに見たとき、彼女は興奮した。そこに映っていたのは、昔と変わらないララ・メドーズだった。色っぽくて、女らしく、大胆なラーラがふたたび息を吹き返している。

男性を惹きつける女のラーラが戻っていた。

体に吸いつくような黒い膝丈のドレスのシンプルなデザインが、美しい体の線をいっそう強調している。肘丈の袖がついていて、襟元から胸の谷間がちらりとのぞいている。子どもを産んだ胸は昔よりずっと豊満だ。

いつもは、耳の後ろから肩先まである傷跡に視線が集まらないよう、イヤリングはしない。でも、このドレスにはどうしても必要な気がして、黒真珠のイヤリングをつけた。腰まで届く金色の髪、セクシーなストッキング、ピンヒール、アイシャドウと真っ赤な口紅――これなら、なんとか合格点がもらえそうだ。

ラーラはキッチンでグレタのお手伝いをしていた娘に、〝いってきます〟と言いながら、自分の興奮を気どられないよう注意した。

とはいえ、今夜アレッサンドロに会う目的がなにかまで忘れたわけではない。あくまでも冷静に扱う問題だということも。しかしまた、この六年間自分が息を殺して生きてきたことにも気づかずにはいられなかった。そして昔のようにアレッサンドロとザ・シーズンズホテルで落ちあうのかと思うと、期待に胸が膨れあがった。

家の玄関ドアを閉めると、ラーラは通りの向こう側に豪華な黒いリムジンが停まっていることに気づいた。小型車の多い通りで、リムジンはひときわ異彩を放っている。きっと、向かいに住むフライトアテンダントが大金持ちの恋人でも見つけたのだろう。

しかしラーラが家の門を出ると、リムジンの運転手が近づいてきた。そして彼女に向かって礼儀正しく帽子を脱いでたずねた。「ミス・メドーズですか？」

ああ、神様。

アレッサンドロはエレベーターを降りると、まっすぐバーに向かった。約束までには時間があったが、先に到着して、バーに入ってくるラーラの姿を見たいと思ったのだ。カウンターの隅の入口がよく見渡せるスツールに陣取り、バーテンダーの視線に首を横に振った。いや、まだだ。ラーラに会ったとき、できるだけ頭をすっきりさせておきたい。

昔ここでラーラを待っていたときのことが思い出された。彼女は入口のドアから勢いよく入ってきて、ぼくを見つけると体の内側から輝きを放ったものだ。ほかの男性たちの熱い視線がぼくをやきもきさせた。不思議なのは、ラーラが近くにいるときはいつも、目にする前から彼女の存在を感じるということだった。

今夜もまたラーラの存在を感じ、アレッサンドロは胸を高鳴らせてドアの方を眺めた。ドアのすぐ内側で、ラーラがコートのボタンをはずしながらあたりを見まわしている。黒いコートの下から、ほっそりして引きしまったふくらはぎが見えた。

アレッサンドロの胸にときめきが走った。ここ数年間、味わったことのない感覚だ。

ラーラが彼を見つけて足早に近づいてきた。ブロンドの髪がシャンデリアの光をとらえてきらきらと光り、顔にはなにかを期待するような表情が浮かんでいる。そんな彼女はもう最初に出会ったころの底抜けに明るい元気にあふれた娘ではなく、女らしさと優雅さを備えた立派な大人の女性だった。ゆるぎない瞳の奥にも自信のほどが見てとれる。

ふたりの視線が合い、アレッサンドロの脈が速くなった。彼女を迎えるためにスツールから降りながら、駆けよって抱きしめたいという思いをどうにか抑える。

「やあ」アレッサンドロはラーラの頬に軽くキスをした。ホテルに入るまでのわずかな時間とはいえ、外気にさらされた頬がひんやりして、肌から立ちのぼってくる彼女のにおいが彼の頭をくらくらさせた。

ふいに昨夜の出来事が思い出されて、下半身が熱くなった。コートの下からのぞく黒いドレスの胸元や薄く塗ったアイシャドウ、深紅の口紅のつややかさが彼を悩ませた。そして目を合わせた瞬間、ラーラの瞳があやしく輝くのを見て、アレッサンドロの体中の血が騒いだ。

彼女がなんと言おうと、これはたんなる話しあいなどではない。

ラーラが早口でなにかを言った。興奮すると、彼女は昔からそんなふうな話し方をしたものだ。

「わざわざ、リムジンを用意してくれてありがとう。なんてお礼を言ったらいいかわからないわ。あんなことまでしてくれなくてもよかったのに」ラーラはそう言いながらもうれしそうだった。「近所の人たちがどうか気づいてくれますようにって祈ったわ」

アレッサンドロは笑った。「きみの家は立ち入り禁止だから、それくらいしかできないからね。少なくとも、いまは」

その言葉にラーラはどきりとしたが、彼はバーの方を頭で差し示しただけだった。

「食事の前に一杯飲むかい?」

「あの……できたら、もっと気軽に食事できるところがいいんだけど。あまりゆっくりできないの」ラーラはちらりと腕時計を見た。「十時半には帰るって母に約束したのよ。母は夜勤で……あの子をひとりにするわけにはいかないから」

「それは残念だな。だったら、これから十時半までどこでどう過ごすのが一番いいか考えよう。このホテルのレストランにするか、それとも外へ出て別のレストランを探すか。どちらがいい?」

ラーラは迷った。最上階にある彼の部屋のベッドを気にしながらホテルで食事をとるか。それとも、寒い外に出るか。

ラーラは彼の目を見て言った。「外にしましょう」

「なるほど」アレッサンドロは面白がっているかのようだった。「たぶん、きみがそう言うんじゃないかと思って、近くのレストランを予約しておいたよ」

ラーラが脱ぎかけたコートのボタンをふたたびかけはじめると、アレッサンドロは残りのふたつをかけた。その親密なやりとりに、ラーラが目をぱちくりさせるのを内心にやりとしながら眺め、彼は彼女の腕を取った。そして正面玄関のドアまで行くと、ちょうどホテルに入ってきたカップルをよけるふりをして、ラーラの腰に手をまわした。

服の上からとはいえ、指先に彼女の体温を感じて、アレッサンドロは体がぞくぞくした。

ホテルの外に出てラーラから手を離したときも、彼女の感触はなおもしつこくつきまとっていた。アレッサンドロは思った。ぼくが所有するスカラ・エンタープライズの株のすべてを賭けてもいい。ラーラもきっと、ぼくと同じように感じているはずだ。

たんなる話しあいだなんて、とんでもない。

アレッサンドロは玄関の前に立っているボーイに合図し、タクシーを横づけさせた。レストランは目と鼻の先だから、暖かい夜ならブティックや観光客目あての土産店の前を通って、旧市街の歴史的な路地を歩くのも楽しいだろう。しかし今夜の目的は、彼女を熱くさせることで、凍えさせることではない。

10

アレッサンドロが予約したのは、古いテラスハウスを改装したレストランだった。骨董(こっとう)品の家具がおかれ、歴史の重みで床がゆがんではいたが、正面に据えられた大きな薪(まき)ストーブのおかげで、ほっとするほど暖かかった。部屋の片隅でジャズバンドが、《わたしの彼氏》を演奏していて、厨房(ちゅうぼう)から漂ってくるいいにおいがラーラの食欲をそそった。

　昔はアレッサンドロと一緒にあちこちのレストランをよく食べあるいたものだった。彼はいいレストランに目がなく、彼女もまたすぐにとりこになった。

〝食べることは、とても大事なことだよ〟ラーラの食べ物への無関心さにショックを受けて、彼は言ったものだった。

　ウエイターがふたりを奥まった部屋に案内してくれた。天井が低く、アレッサンドロは梁(はり)に頭をぶつけないよう、首をかがめて歩かなくてはならなかった。部屋には、ほかにふたつのテーブルがあったが、セッティングはされていなかった。

　もしかして……？　ラーラは品のいい黒いスーツに身を包んだアレッサンドロをちらりと見た。この〝ヴェネツィアの小さな島の侯爵〟が、この小部屋をふたりだけのために借りきったのだろうか。

　ラーラはコートを脱いでウエイターに渡した。黒いドレス姿になった彼女を、アレッサンドロがじっと見つめていた。その目に浮かんだ飢えにも似た表情に、ラーラは自分が女であることを強く意識した。それは長いこと忘れていた感覚だった。すてきな男性に見つめられ、自分が魅力的だと思えるなんて久しぶりのことだった。

この六年間、よくもまあ、そんな暮らしに我慢できたものだ。アレッサンドロのいない暮らしに。

彼の隣に腰をおろしながら、ラーラは美しい骨董品の家具や、長いレースの縁飾りがついたテーブルクロス、そして青いサテンのカーテンなどを眺めた。壁を背にしておかれた長椅子が無言で彼女を手招きしていた。

「ずいぶん奥まっていて静かなところね」メニューをおいて去っていくウエイターの背中を見ながらラーラは言った。「真剣な話しあいにはもってこいね」

アレッサンドロは目をきらりと光らせて、胸の谷間がのぞくラーラの襟元に視線を向けた。「ああ。ぼくたちには、話しあうべきことが山ほどあるからね。そうだろう？」彼はそう言って悪魔のような笑みをもらし、ドリンクメニューを取りあげた。「最初はなにから始める？　カクテルかな？」ラーラがうなずくと、彼は満足げな笑みを浮かべて言った。

「きみの体を熱くするようなものがいい。〝ストロベリーキス〟なんてどうかな。だめだ、これでは冷たすぎる。〝シーツのはざま〟いや、〝フランス式シックスナイン〟はどうだろう。ジンとシャンパンのカクテルだが」

「いいえ、普通のシャンパンがいいわ。昔からのシャンパン」セックスを想像させる彼の言葉を、ラーラは笑いながら聞きながした。

「わかった。では普通のシャンパンということで。でも、気をつけたほうがいい」彼はドリンクメニューをテーブルにおきながら言った。「きみを酔わせたくはないからね。だって、きみはもう母親なんだから」

ラーラは眉をあげて笑いながら言った。「あら、母親は楽しんではいけないの？」

「昔から、母親は清く正しくあるべきだと信じてきたものでね」

「いつもそうとはかぎらないわよ。相手が誰かで違ってくるわ」

「そうなのか？」彼が目をぱちぱちさせて笑った。そしてふいに下を向いてたずねた。「元気かな……その……たしかヴィヴィとか言ったね？」

ラーラはどきっとしたが、あえてほほ笑みを浮かべた。「ええ、ヴィヴィアンよ。いまごろはベッドで、おばあちゃんに本を読んでもらっているわ」

「彼女には、おばあちゃんがもうひとりいるんだが」彼が料理のメニューを見ながらぼそりと言った。「スープはパンプキンだね？」

ラーラの脳裏に、大理石の床を衣ずれの音をさせて歩く優雅な貴族の女性の姿が浮かんだ。〝ヴェネツィアの小さな島の侯爵〟の裕福な未亡人。

「そんなに驚くことはないよ。ぼくは透視ができるわけではなくて、記憶力がいいだけだから」

ラーラははっと我に返ると、あわてて言った。

「おぼえていてくれてありがとう。うれしいわ」

ウエイターは注文を取り終えると、すぐまたシャンパンのボトルを持って戻ってきて、二つのトールグラスに並々と注いだ。

グラスを合わせて泡だつシャンパンを口にするなり、アレッサンドロが言った。「実は今日、弁護士と話をしたんだ。そして、きみの口座番号がわかりしだい、それなりの金額を振りこむことになった」

ラーラは顔を赤くして眉根を寄せた。「お金の話はしたくないわ。だって、わたし……そんなつもりで言ったわけではないから」

「いや、きみがどう思おうと、お金の話は避けては通れない」アレッサンドロの目には有無を言わせない冷たさが戻っていた。

「でも、その前にDNA検査の結果を知りたいでしょう？　ネットで調べてみたら、わざわざこちらから出向かなくても検査してくれる研究所がたくさんあることがわかったの。検査に必要なものを入れる容器を一式、送ってくれるんですって」

アレッサンドロは、ラーラがすんなりした指を握ったり開いたりするのを見ていた。ラーラは怖がっている。ぼくが子どもに関わることを恐れているのだ。できたら、どこかに消えてほしいと願っている。

彼は穏やかに言った。「きみは、ぼくがきみを信じていないとでも思っているのかい？」

ラーラはじっとグラスを見つめていたが、やがて顔をあげた。「わたしはただ……規則どおりにやったほうがいいと思うだけ。いまはとにかく、あなたが再婚してヴェネツィアやニューヨークに住むようになってから面倒なことになるのはいやなの」

アレッサンドロはしばらく無言で彼女を見つめていた。「そしてきみのほうは、そのころどこに住んでいるのかな？」

ラーラはほほ笑んだ。「もちろんここよ。かわいい娘と一緒に」

「じゃあ、結婚はしないつもりかな？」

彼の声にからかうような響きを聞きとって、ラーラはどきっとした。いったいこの人はなにを言っているの？　ふたりのあいだでは禁句になっているはずの言葉を口にして、わたしを苦しめるつもりだろうか。事実ラーラはその言葉に傷ついていた。だが、それを認めるくらいなら死んだほうがましだ。

「さあ、どうかしら？」ラーラは肩をすくめ、シャンパンを飲んだ。「結婚しているかもしれないわよ」

アレッサンドロは椅子の背に体をあずけ、長い脚をぐいと前にのばした。そして、黒い瞳にぞくっとするような笑みを浮かべて言った。「たしか会社にも、きみを気に入っていた男がいたようだな。名前は、たしかビルとか」

「ビル？」ラーラが怪訝そうな顔をした。

「前の取締役だよ」

「ああ、あのビルね」ラーラは思わず噴き出してしまった。ビルには二十年も連れそった妻がいるうえ、手の負えない子どもたちで手いっぱいだというのに。「よかったら彼に電話して、もうひとり子どもがほしいかどうかきいてみるといいわ」

アレッサンドロの黒い眉がぴくりと動いた。「これはぼくからの忠告だが、結婚は急いで決めないほうがいい。ぼく自身それで大失敗をしているからね」彼は手をのばすと、ラーラの手を取った。「でも、きみが誰かと一緒になる前にこうして会えてうれしいよ、ラーラ」

その言葉にラーラの目の奥がじんとした。まるで心臓をわしづかみにされたような気分だった。「わたしも、再婚する前のあなたに会えてよかったと思っているわ」

彼がかがみこんで、ラーラの唇にキスをした。軽いキスだったにもかかわらず、ゆうべの記憶がよみがえってきて彼女の胸は騒いだ。

ああ、この人はどうしてこんなことをするのかしら。母親は清く正しくあるべきだという、さっきの言葉はどこにいったの？

そのとき、最初の料理が運ばれてきた。ラーラが注文したパンプキンスープは濃厚で、隠し味にナツメグとジンジャーが使ってあった。その表面にはホウレンソウが散らしてあった。

食事のあいだ、ラーラは会話がおかしな方向にそれないように注意を払った。アレッサンドロも、チューリッヒやストックホルムやブリュッセルなど世界中を飛びまわったこと、ニューヨークにも二年ばかり住んでいたが、いまはロンドンにいることなどを話した。親になるにも、夫になるにも、褒められた暮らしではないと。

「いまの仕事は好きかしら？　ひとところに落ち着くことのない暮らしが？」

アレッサンドロは肩をすくめ、フォークでアワビのサラダを取った。「まあ、自分で選んだ仕事だからね」

「そのせいで……」いけないとわかっていながら、ラーラはきかずにはいられなかった。「うまくいかなかったの――結婚生活が？　あなたが旅ばかりしていたから？」

アレッサンドロの顔が一瞬凍りついたが、すぐにそっけなく答えた。「続けるだけの情熱がなかった。それだけのことだよ」

「まあ」ラーラは顔を真っ赤にした。「だったら、なぜ結婚……？」そこまで言って、あわてて口をつぐんだ。

いったいわたしはなにを言っているの？　アレッサンドロの結婚生活のことなど知りたくもないし、すべては終わったことなのに。勘のいいアレッサンドロのことだから、こちらの思いなどとっくにお見通しなのかもしれないけれど。

ラーラはシャンパンを飲むふりをして視線をそらした。「それで……子どもを作ることは考えなかったの？」

彼は黒い眉を皮肉っぽく動かした。「一度も」

「あなたがほしくなかったの？　それとも……ジュリアが？」

アレッサンドロが〝それまでだ〟といった目つきをした。「本気で、子どもをほしがる男なんているのかな。男は自分の望む女を手に入れるためなら天国でも地獄でも這いまわる。その結果子どもができ、女性にそれだけの価値があると思えば、男もまた子どもを受け入れる。それだけのことじゃないかな」

アレッサンドロは口元に魅力的なしわを刻みながら笑った。「まあ、ぼくはそう教えられたけど」

ラーラはひどく混乱した。

アレッサンドロが言いたいのは、子どもの母親にそれだけの価値があるなら、子どもの存在も我慢するということだろうか。世界中探しまわってようやく手に入れた女性と愛しあうためなら、子どもも我慢すると。

ラーラは嫉妬深いほうではなかったが、それでもアレッサンドロの言葉に胸が痛んだ。さっきまで、彼がヴィヴィに執着したらどうしようと案じていたが、いまは反対に、歯牙にもかけないことのほうを恐れている。いつかヴィヴィが父親を必要としたときには、いったいどうすればいいのだろうか。

いずれにせよ、必ずそんなときがやってくるはずなのに。グレタの言っていたことは正しい。ヴィヴィには父親が必要だ。

もしかしたら、彼との結婚をそう簡単にあきらめるべきではなかったのかもしれない。それにしても、アレッサンドロは本気で、わたしがほかの誰かと結婚すべきだと思っているのだろうか。ほかの嘘つきと。

アレッサンドロは社交界の華だったジュリアを手に入れるために、きっと大変な苦労をしたに違いない。しかし、そこまでジュリアを望んでいながら、どうしてシドニーでわたしと愛しあったりしたのだろう。

そして、なぜジュリアとの愛は長つづきしなかったのだろう。あまりに激しく求めすぎたから？　わたしとのときよりも激しく？　だが、そんなことが本当に可能だろうか。

ウエイターが次の料理を運んできた。

アレッサンドロは料理を出しているウエイターに、気さくに話しかけていた。そして若いウエイターは、金持ちのイタリア人貴族のためなら皿まわしだってしかねないほど完全に舞いあがっていた。

六年前のわたしもまた、きっとこんなふうだったのだろう。うぶなわたしは男女の仲に駆け引きが必要だとも知らず、ただアレッサンドロに夢中になった。

だがジュリアは違ったはずだ。地中海美人の彼女を手に入れるなんて、まさに勲章ものだったはずだ。なぜならジュリアは四六時中上流階級の男性たちにとりまかれていて、彼女に会うためには、ミラノのファッションショーやサンモリッツのスキー場まで足を運ばなくてはならなかったはずだから。そんなふうにしてジュリアは、巧みにアレッサンドロを惹きつけ、じらし、生まれながらのハンターの彼を興奮させたに違いない。

ラーラはそんなことを考えながら、アスパラガスの上にのった炭火焼きの鯛を眺めた。たとえ二十歳のわたしが、どれほどビキニが似合ったとしても、ジュリアの足元にも及ばなかったに違いない。

「サラダは？」

ラーラがはっとして目をあげると、彼が笑いながら見ていた。

「ありがとう」ラーラは彼がレタスに似た色つきの葉を取りわけるのを見ていた。そしてふと思い出したかのように言った。「わたし、病院の待合室においてあった雑誌で、あなたの結婚式の写真を見たわ。ジュリアって、きれいな人ね」

サラダを取りわけていた彼の手がほんのわずか止まった。しかし、なにを考えているかはまったくの謎だった。

やがてアレッサンドロは注意深く言葉を選んで言った。「ぼくが彼女と結婚した理由は、普通とは少し違うし、計画外のことでもあった」

ラーラは黙って、彼がその先を続けるのを待った。

「ぼくたちは便宜上一緒になった。しかし、結婚したとたんに、それはまちがいだったとわかった。だから結婚祝いの包みを開ける前に無効にした」

「無効！」彼女は目を丸くした。

アレッサンドロは意地悪くラーラを観察していた。もしジュリアとは夫婦関係もなかったと言ったら、ぼくが結婚した罪は軽くなるのだろうか。そう思ったとたん、彼は思わず顔をしかめた。どんな理由があったにしろ、ぼくをあんなふうに振った女性に、ぼくの結婚を責める権利などない。

「結婚しなくてはならなかった理由が消えて、一緒にいる必要がなくなったので、解消しただけだ」

アレッサンドロはちらりとラーラを見やった。それにしても、あのころまったく感じなかった性的欲望がいまになって息を吹き返したかと思うと、笑いだしたくなった。まったく、アレッサンドロともあろう男が、六年も前の出来事をいまもって引きずっているなんて、誰が信じるだろうか。

「アレッサンドロ……」ラーラはそっと彼の手に触れた。「あの、男の人ってそういうことを認めたがらないけど、その……ジュリアはあなたを傷つけたの？」

彼は、ラーラの青い瞳に浮かんだ心配そうな表情に気づいて、怒りで喉がつまりそうになった。ラーラはぼくの男としての能力を疑っているのか？　信じられない！

「いや、そんなことはない。お互いにそのほうがいいと決めただけのことで、それ以外の理由はまったくないんだ」

「そう」ラーラはうなずいたが、納得していないようだった。

なんてことだ。ラーラは本気で、ぼくがひとりの女性を愛していても、別れた五分後には、まったく別の女性を愛せると信じているのか。

アレッサンドロは大きく息を吐き出し、長い脚を思いきりのばした。「なんだか心配そうな顔をしているけど、ヴィヴィのことが気になるのかな？」

「いいえ。あの子は母といるから心配ないわ」

「いいお母さんだね。だけどお母さんは、きみのことは心配していないのかい?」

「どうして、わたしのことを心配するの?」

「母親はとかく、娘が道を踏みはずしはしないかと心配するものだろう? もしかしたら悪いオオカミに食べられてしまうのではないかって……」

彼の言葉にラーラの体が反応して、忘れていた興奮が全身を貫いた。そう、ゲームをするつもりなら、わたしだって負けてはいないわ。

ラーラはグラス越しに彼を見つめ、まつげをぱちぱちさせた。「わたしが悪いオオカミくらいちゃんと退治できるのを母は知っているわ」

「でも、きみは本当にそうしたいのかい?」

アレッサンドロの黒い目に浮かぶ炎が黄金色に輝くと、レースのブラジャーの下でラーラの胸がうずいた。

誘惑が、甘く、柔らかい爪を立てる。彼の誘いに乗ってはだめ。ラーラはそう自分に言いきかせたが、昨夜の記憶がなまなましくよみがえってきた。もう大人なのだから、愛とセックスを切り離すことくらいできるはずではないかしら。そのくらいの知恵は備わっているのでは。

「さあ、よく考えてみるわ」

ラーラはそう言って長いまつげの下からじっとアレッサンドロを見つめてから、出された料理に注意を戻した。

ピリッとしたソースの味を楽しみながら魚の小片を口に入れ、上目づかいに彼の視線を色っぽく受けとめて、またすぐ視線をそらす。

やがて魚を食べ終えると、ラーラはほんの一瞬だが、彼の燃えるようなまなざしを真正面から受けとめた。抱きしめられたときの感触が思い出されて、彼へのあこがれで息ができなかった。

「それで、答えは?」熱くくすぶるアレッサンドロの声が悪魔のささやきに聞こえた。

ラーラはかすれた声で言った。「なにが賢い答えかは、わかっているわ」

ナイフとフォークを持つ彼の手が止まり、黒い目に異様な光がみなぎった。それは欲望というよりも噴出する溶岩を思わせた。

「きみにはまだわからないのか、ラリッサ」彼の口調はあまりにも激しく、まるで彼の背後から大昔のヴェネツィアの亡霊がささやいているかのようだった。「人生には賢いだけではどうしようもないことがあるんだ」彼がテーブルにこぶしをたたきつけ、銀のナイフやフォークが跳ねあがった。「自分の手でしっかりとつかみとるほか、どうしようもないことがね」

ラーラはあっけにとられて彼を見つめていた。アレッサンドロは六年前のことを言っているのだろうか。

「でも、いまがそのときだって、どうしてわかるの？」

アレッサンドロはリネンのナプキンで口を拭うと、それを放り投げた。そして戸惑うラーラの両肩をつかんで椅子から立ちあがらせた。「これでわかるはずだ」

彼はラーラを抱きよせ、乱暴に彼女の唇を奪った。その荒々しいキスに、ラーラもたちまち反応し、胸や腿に押しつけられてくる彼のしなやかな体の感触に胸を震わせた。彼が舌を動かすたびに、彼女の口のなかにワインとラズベリー・ビネグレットソースの味が広がって、彼女をうっとりとさせた。

ラーラはまさにとろけそうだった。

ああ、神様。大勢の客がいるレストランで我を忘れるなんて。

アレッサンドロのキスがますます激しくなった。ラーラは胸の先がほてるのを感じながら、彼の首に両手をまわして黒髪に指を差し入れた。

お願い、もっと。自分がどこにいるのかなど見事に忘れていた。彼が腕や腰をさするたびに肌がチリチリして、その愛撫(あいぶ)がもっと奥まで届くことだけを願った。

「あの……お客様、よろしければ……」

耳元で人の声が聞こえ、ラーラはぱっと体を離した。それから大きく息を吸って興奮をしずめ、手で服の乱れをなおした。

若いウエイターが顔を真っ赤にして、床を見つめて立っていた。そしてふとウエイターの背後に目をやると、いつのまにか座っていた二組の客が、あきれたようにこちらを見ていた。

「お客様……あの、デザートはいかがなさいますか？」

アレッサンドロはようやく我に返ってあたりを見まわし、なにごともなかったかのように指で髪をかきあげた。それでも声のかすれだけはごまかしようがなかった。

「十分ほどしたら、また来てくれないか。そのあいだに考えておくから」彼がなんでもないといった顔で見やると、若いウエイターがわかりましたと言うようにうなずいた。アレッサンドロは当たり前のようにラーラのために椅子を引き、自分もまた座った。

さっきからアレッサンドロに注目していた女性客たちが、興味津々といった顔でこちらを見ている。

そのことに気づいて、ラーラは言った。「ねえ、ここを出ない？」

「わかった」アレッサンドロは目を輝かせた。「だけど、これからどこへ行こうか？　きみの家かい？」

「とんでもない」テーブルの下で彼の手が膝に触れてきたので、ラーラは飛びあがった。

彼女の家など問題外だ。しかし、残された時間はそうないし、自分も生身の女であることを思い知らされたいまとなっては、まっすぐ帰宅する気にもなれない。

テーブルの下で、アレッサンドロが無意識に手を動かした。たったそれだけのことに、ラーラは激しく反応した。足をどけようにも、さっきのキスで手足がまだしびれている。

「たぶん……」ラーラは彼の目を見ずに、あえぐように言った。「デザートは……ホテルで食べたらどうかしら?」

アレッサンドロの唇に満足そうな笑みが浮かんだ。ラーラはテーブルクロスの長い裾に感謝した。テーブルの下で、彼の指がストッキングの上端を越えたときはなおさらだった。

「でも」彼は空いた方の手でメニューを指しながら言った。「ここに〝野イチゴのダークチョコレートがけ〟とあるけど、これもいいんじゃないかな?」

彼はストッキングの上にある素肌の感触を楽しみながら言った。彼の指はすでに、彼女の下着の端にかかっていた。

薄い下着のなかで彼女の肌が彼の指を待ちこがれていた。いったい彼の指はどこまで行くのだろう。

見ると、アレッサンドロの上唇に汗が浮いていた。

「そ、その……」ラーラはあえぎながらもなんとかじっとしていたが、彼の指が先に進めるようにわずかに脚を開いた。映画に出てくる誘拐された美女さながらに胸を大きく上下させ、声を期待に震わせていた。「でも、イチゴはちょっと果汁が多いから、あちこち汚してしまいそう……」

「それはまずいね、ラリッサ」アレッサンドロがさらりと言った。「では、ジュースはどうかな?」

スカートの下で彼の指が、薄い下着越しにそのなかの部分をかすめるたびに、ラーラは声をあげた。

「えっ、いまなにか言ったかい?」アレッサンドロがからかった。彼女が話すこともできないのを知っているのだ。

「ああ」ラーラがうめいた。「ああ、アレッサンドロ」

彼は目の端にウエイターの姿をとらえると、すぐに手を離した。そしてテーブルの横に立ったウエイターににっこりと笑いかけて言った。「結局、デザートはいらないことになった」

レストランの玄関ホールのそばでラーラがコートのボタンをかけていると、アレッサンドロが言った。

「すぐ、タクシーが来るから」

「ねえ、少し歩かない？　わたし、一刻も早くここを出たいの」

「どうして？　きみも楽しんでいるとばかり思っていたけど？　それに、そのドレスはかなり薄いから、寒いんじゃないかな？　服の上からでも、すべてを感じることができたくらいだ」

ラーラが怒ったように言った。「いまのわたしは寒いほうがいいわ」

声をあげて笑うアレッサンドロをラーラがにらみつけ、そんな彼女のために彼はレストランの出入口のドアを開けた。

外に出てもラーラの体はまだ燃えつづけ、ほとんど寒さを感じなかった。すてきな男性に誘惑されたのはずいぶん久しぶりだ。だからといって、その誘惑におぼれていいことにはならない。

しかし、恥知らずなわたしの体は、それでいいとわめいている。

ああ、なんてことかしら。わたしの責任感や義務感はどこに消えてしまったの。それにもう九時を過ぎていて、あまり時間がない。母親が夜勤に間に合うように帰らなくてはならないというのに。

夜の寒さもものともせず、通りは人でごった返していた。カメラのシャッターを切る観光客に、店の外に並んだテーブルにあふれるカフェの客たち。いったいシドニーの人たちはいつ眠るのだろうか。

過信してはだめ。ラーラにはよくわかっていた。肌の艶といい、ほっそりした体形といい、二十七歳になった彼女と二十歳のころの彼女では、かなりの違いがあることを。たしかにいまでも細身ではあるが、それは洗濯や掃除、散らかったおもちゃの片づけ、動きまわる子どもを追いかけるといった生活によるものなのだ。

アレッサンドロはその違いに気づいているのだろうか。

足早に歩くラーラを、アレッサンドロは大きい歩幅で悠々とついてきた。ふたりの口から吐き出される言葉が白い蒸気となって空中に漂う。ラーラはできるだけさしさわりのない話をした。異常に寒い冬、ブティックやウインドウの飾りつけ、どことなく懐かしい路地や古い家々のこと。一度、子どもの本を売る店の前で、彼が幼児教育にどれほど興味があるか観察しようと立ちどまったが、アレッサンドロはラーラしか見ていなかった。

それでも、時間がたてばたつほどふたりのあいだを行き交う性的な波動が勢いを強め、ラーラはますます混乱していった。彼の黒い目から放たれる熱を帯びた視線が、彼女の血管のざわめきと呼応する。むさぼるようなキスと、そのあとの行為がもたらしたくすぶりが、山火事に変わろうとしているかのようだった。それに、このところラーラの反応からして、この火の勢いはとても止められそうにない。

「ラリッサ、もう少しゆっくり歩いて、この美しい夜を楽しもうよ」しばらくして、アレッサンドロが言った。

ラーラは肩をすくめてわずかに歩調をゆるめると、アレッサンドロが指をからめてくるのを許した。彼から伝わってくる温かさに、彼女はこれまで閉じこめられていたブラックホールから、いっきに外の宇宙へ解きはなたれたような気分がした。

　だがラーラには、取り返しのつかない渦に巻きこまれる前に、なんとしても理性を取りもどす必要があった。

　彼女は非難するような目でアレッサンドロを見た。「あのレストランでの行為には本当にびっくりさせられたわ」

「わかっている」彼が深く反省しているかのように言った。「あれはたしかに礼儀違反だ。レストランにも謝罪しなければ」

「あなたはよくいたずらをするけど、あそこまで恥知らずなのは初めてだわ」

「いや、大事な人（テソーロ）、ぼくはもっと恥知らずになれるよ」

　ラーラはあっけにとられた。「レストランで?」

　アレッサンドロは肩をすくめた。「レストランであれ、教会であれ、隣にラーラ・メドーズがいれば、とことん恥知らずになれる」

「あなたって人は……」ラーラはアレッサンドロを軽くこづいた。ふたりは黙って歩いていたが、ラーラには彼の笑い声があたりに満ちているようにすら感じられた。「これはデートではないと言ったはずよ」我ながらそらぞらしく聞こえた。

　彼が笑った。「たしかに聞いた」

「だったら……なぜあんなふうにキスをしたの?　それに昨日の晩も校庭で……。もしあんなところをP&Cに見られでもしたら……」

「なんだい、P&Cって?」

「両親と市民の会よ」

　アレッサンドロは街灯の下で足を止めると、ラーラのもう片方の手を取った。「理由はわかるはずだよ。それはぼくが男だからだ。ほかにどうしろというんだい？　きみはすばらしくきれいだし、その唇はたまらないほど魅力的だ。それに、きみはぼくのものだから」

ラーラは震える声で言った。「ねえ、『ティファニーで朝食を』のなかで、主人公のホーリーが〝人は誰のものでもない〟と言っていたのをおぼえているかしら？　それに、気に入った女性にかたっぱしからキスするなんて許されないことだわ。これは話しあいだって言ったのに」

「恋人同士の話しあい――そうだろう？」

「それは過去の話だわ」

「ぼくたちはいつだって恋人になれるよ、ラリッサ」彼があまりにまじめな口調で言ったので、ラーラは彼が本気で言っていると信じるほかなかった。

アレッサンドロが彼女の両肩をつかんだ。「それにぼくは、かたっぱしからキスしたりしない。相手はきみだけだ。きみには、いつだってキスをしたい」

ラーラは震えながら彼の腕をつかんだ。「ああ、アレッサンドロ、その言葉を信じられたらどんなにいいかしら」

「信じるんだ」彼はそう言い、その言葉を証明するかのようにラーラを抱きよせてキスをした。ラーラの体がふたたび燃えあがる。「急ごう」彼は欲望に目を光らせ、追いつめられたように言った。

最後の数ブロック、ふたりは手に手を取ってシドニーの旧市街を急いだ。足が地につかず、まるで夢のなかをさまよっているかのようだった。

ザ・シーズンズホテルの正面玄関を入ると、アレッサンドロはラーラの手を引いてロビーを横切った。そしてエレベーターに乗りこむと、彼女にほほ笑みかけてつぶやいた。「まさしく、既視感(デジャビュ)だ」

十三階に着くまでひとことも口をきかなかったにもかかわらず、ふたりのあいだには濃厚な空気が漂っていた。ラーラは欲望に駆られると同時に不安でもあった。こうなるとわかっていたら、ジムに通ってエクササイズでもしておくべきだった。

首筋の傷跡を見たら彼はなんと言うだろう。それにヴィヴィを母乳で育てたせいで、胸のつぼみもかつてのピンク色とは違う。だいたい、セックスの仕方すらおぼえているかどうかもあやしい。

アレッサンドロは部屋のドアを開けると、一歩後ろにさがってラーラを先に通した。

ああ、あのスイートだ。

11

もちろん、スイートの部屋は以前とまったく同じというわけではなかった。この六年のあいだに、なんらかの手が加えられたのはまちがいない。実際、ホテルの正面玄関を入ったとき、ラーラは照明の色が前より暖かく、鮮やかになっていることに気づいた。それによく見ると窓の位置も違っている。しかし雰囲気だけは昔のままだ。

それに、低くて大きな品のいいベッドも。めくられたカバーがふたりを手招きしている。

ラーラは胸が苦しくなるほどの興奮と不安をおぼえた。

アレッサンドロがジャケットを脱いで、じっと彼女を見ている。「なにか飲むかい?」ラーラは首を横に振った。「いいえ。それより、照明を少し暗くしてもらえる?」

彼は怪訝そうな顔をしたが、すぐにうなずいた。

「わかった」

部屋の照明はすでに落とされていて、柔らかい光があたりを包んでいたが、アレッサンドロはベッドのそばの明かりを残して、残りのすべてを消した。それから窓に近づいて、カーテンをほんの少しだけ開け、ネクタイをゆるめた。

ラーラの耳の奥で、彼女自身の心臓の鼓動が響き渡った。長身でハンサムなアレッサンドロの真剣で、なにかに取りつかれたような表情を見ているだけで心が震える。彼の体内から発せられる波動が、ラーラのもっとも深い部分に働きかける。

すべてがたまらなく懐かしかった。かつて彼と会うたびに味わったこの感覚。そして最初に愛しあった忘れられない夜をのぞけば、こんな感覚にとらわれたあとは、まるでそれが生命のリズムででもあるかのように、自然と行きつくところに行きついたものだった。

あのころは、すべてがもっと単純だった。だが、いまは……。

アレッサンドロは重そうなまぶたの下で瞳を輝かせながら、親指の背でラーラの頬をなでた。「ああ、この日が来るのをどれだけ待ったことか」

「わたしもよ」思いがあふれて声が震えた。「あなたを思わない日はなかったわ」

アレッサンドロがラーラのコートのボタンを器用にはずした。コートが床に落ちて冷たい空気が彼女の肌をなでた。

彼と愛しあうことに不安を感じるなんて、どこまで愚かだったのだろう。燃えあがる瞳に見つめられただけで、くすぶっていた欲望に火がつき、本能をむき出しにしたもうひとりのラーラがあらわれる。

ふたりの唇が触れあい、ラーラの体が燃えあがった。求めあう唇、からまる舌、彼女の胸を愛撫する彼の指の動き。それらすべてがラーラを恍惚とさせた。

長いこと忘れていた感覚がよみがえってきて、ラーラは飢えたようにアレッサンドロの体に自分を押しつけた。引きしまった彼の腿が当たり、両足の付け根の奥が熱くほてる。

ひとつのキスが次のキスを誘い、そのたびに荒々しさを増していく。彼の感触、味、力強さ、愛撫――そのすべてがラーラにとって胸が締めつけられるほど懐かしく、いとおしかった。

アレッサンドロは以前、男の野性的な部分をやさしさと思いやりでくるんでラーラを愛したものだった。しかし今夜の彼には、そこに妥協をしない強さと決意といったものすら加わっていた。そんな彼にラーラもまた、自分の欲望を抑えつけようとはしなかった。体じゅうで彼を感じ、彼への思いと興奮で爆発しそうないま、恥じらいの入りこむ余地はない。それどころか、早く彼とひとつになりたくてじりじりしていた。

そんなラーラの願いを感じとったかのように、アレッサンドロが彼女の首筋にキスをしながら、長い髪に隠れたドレスのファスナーを探った。そして自らファスナーをおろそうとした彼女の手を押さえて言った。「ぼくにやらせてくれないか」声が低くかすれて、うめき声のように聞こえる。

彼はファスナーをウエストまでおろし、目の前にあらわれた、黒いレースのブラジャーからこぼれそうな胸を見て目を輝かせた。

かがみこんだ彼の固い髭が柔らかい肌をくすぐって、ラーラは体が震えた。

「ああ」彼女は思わずあえいだ。いまにも膝がくずおれそうだった。

アレッサンドロがからかうように、黒いレースのブラジャーの上から胸の先端を口にふくんだ。欲望に身もだえしながらも、ラーラはできたら彼の唇をじかに感じたいと願った。

「早く」彼女はあえいだ。

ラーラは彼の愛撫を待つことなく、ドレスを下までおろすと足を抜き、ブラジャーをはずしてショーツを脱いだ。ストッキングのほかは、なにも身につけていない裸体が彼の前にさらされた。

アレッサンドロが動物のような声をあげてキスをすると、ラーラもまたうめき声をもらした。欲望の嵐に襲われた彼は、自分のシャツのボタンを引きちぎると、欲望にぎらぎらした目でラーラの両脚の付け根の金色の場所を見やった。

シャツが床に落ち、アレッサンドロのがっしりしたブロンズ色の胸があらわれた。黒い毛の渦が胸の中心から腰のあたりまで続いていた。

彼の肉体の美しさにあらためて目を奪われ、ラーラは一瞬動けなくなった。しかし、すぐにかすかな感嘆の声とともに、彼のオリーブ色の肌にキスしようとかがみこんだ。

かつて自分のものだったすべてをもう一度自分のものにしたい。ラーラは繊細な指とふっくらした唇で、彼の胸や見事に六つに割れた腹筋をなぞった。

ふたりの手が同時にベルトにのびて、彼の残りの衣服をはぎとった。

見事な裸体を誇らしげにさらけ出して立つアレッサンドロを目にして、ラーラの下半身が濡れた。しかし彼女に彼を見る歓びを十分に与えることもなく、アレッサンドロは彼女をベッドに押したおして、そばのテーブルから避妊具を取り出した。

ラーラは体をおこし、震える手で装着を手伝いながら心のなかで祈った。どうか今度は以前のようなことになりませんように。

「ぼくはこのときを夢見ていた」彼はラーラの裸体をうっとりと眺め、欲望で喉をつまらせながら言った。「こんなふうに激しく燃えあがるきみをふたたび目にするときを」

一瞬、ラーラの息が止まった。

彼への思いが胸にあふれてきて、もう少しで愛の言葉を口にしそうになったが、なんとか自分を抑えて代わりにキスをした。

アレッサンドロはキスをしたままラーラの頭を枕に沈めた。そして両脚を開かせ、ブロンドの茂みに目をやりながら、たくましい腕で自分の体を支えて彼女の上におおいかぶさった。

アレッサンドロの胸毛に肌を刺激されながら、ラーラは彼のすべてを受け入れた。

「脚をぼくの腰にまわすんだ」彼が言った。

ラーラが言われたとおりに脚をからめると、アレッサンドロはじらすようにしばらくぐずぐずしていたが、やがて欲望をたたえたまぶたの下から彼女を見つめ、深々と身を沈めて目を閉じた。ラーラの全身が言葉にならない歓びで満たされていく。

アレッサンドロが体を動かしはじめ、その動きが徐々に速く、そして深くなる。ラーラの口からうめき声がもれ、ときにそれがかすかな叫び声に変わる。ああ、この感覚。彼が生みだすリズムに身を震わせながら、彼女は体の奥深くで激しい歓びを感じていた。アレッサンドロは、太古の昔から男の血のなかを流れつづけている響きに呼応するかのように、ラーラを攻めつづけた。

すぐにラーラは高みにのぼり、目のくらむような衝撃と、押しよせる歓びの波に全身を貫かれて、激しく体を震わせた。

彼もすぐにあとを追って自らを解放し、どさりと枕に背中をあずけた。そして心臓の激しい鼓動がおさまるのを待ってバスルームに行き、戻ってくるとふたたび彼女のかたわらに身を横たえた。

ラーラは甘い歓びの余波にひたったまま呼吸がしずまるのを待っていた。彼が片肘をついて彼女を見つめると、指でそっと体をなぞった。

「ぼくがきみを好きな理由のひとつは感度のすばらしさだよ」

ラーラは彼の方に向きなおると、髭がうっすらと影を落としはじめた顎に触れようと手をのばした。そして、なにげなくそばのテーブルの上にあるデジタル時計に目をやって飛びあがった。

十時四十分。ラーラは一瞬にして歓びの雲間から引きずりおろされた。「ああ、どうしよう。もうこんな時間だわ。きっと間に合わない」

ラーラはベッドから飛びおき、床に散らばっていた下着とドレスを拾いあげて身につけた。それからブラジャーを踏んでいたことに気がつくと、それをコートのポケットに突っこんで靴を探した。

アレッサンドロがベッドから身をおこし、信じられないといった顔をしている。

「言ったでしょう。わたしにはあまり時間がないって。ごめんなさい、これ以上ここにはいられないの」ラーラはそう言ってバッグを探した。

「そんな……」アレッサンドロはあきらかに腹を立てていた。「いくらなんでも早すぎる。これからだっていうのに。これからゆっくりと、本当の意味できみを味わっていこうというときに——」

「わかっているわ。でも時間がないの。本当よ」ラーラは見つけたバッグをつかんでドアに向かった。「ありがとう、ダーリン」彼女はそう言って彼に投げキスをした。「すばらしい夜だったわ……」

「ちょっと待ってくれ」アレッサンドロがベッドから飛び出した。くしゃくしゃの髪をして、オリーブ色の体がうっすらと汗で湿っている。「いったいどうして、そんなに急がなくてはならないんだ？」

「母が待っているの。言ったでしょう。母に迷惑をかけるわけにはいかないの。ヴィヴィのためにも」

アレッサンドロは思わずうめいた。「そうだったな。じゃあ、ぼくが車で送っていく」彼は急いで服を着はじめた。

「時間がないの。階下（した）でタクシーを拾うから大丈夫よ。じゃあね」ラーラは出ていった。

アレッサンドロは悪態をつきながら靴を片方だけひっかけ、飛び跳ねながら電話でコンシエルジュを呼び出した。

三分後、ロビーを駆け抜けた彼は玄関でタクシーを待っているラーラの姿を見つけると、借りたBMWを車寄せに横づけにした。

「もう心配はいらないよ、大事な人（テソーロ）」アレッサンドロがやさしくラーラの腕をつかんで車に乗せた。

「ぼくがついているから」

12

「ありがとう。楽しかったわ」家の前に着くと、ラーラはアレッサンドロの頬にキスをした。そして、シートベルトをはずそうとしている彼に言った。

「降りなくていいわ。あとは玄関まで走るだけだから。わたし、ひどい格好かしら？」

アレッサンドロが手をのばしてラーラの腿に触れた。「彼女に会いたいんだ」

ラーラは一瞬体をこわばらせたが、ゆっくりと振り向いてたずねた。「本気なの？」

「ああ、本気だ。一緒に行ってもいいかな？」

「えっ」ラーラは理不尽な恐怖にとらわれた。「でも、あの子はもう眠っているから」

しかしアレッサンドロがさっさと車を降りたので、ラーラもまた降りるしかなかった。そして家の門に向かいながら、昨夜のことを思い出していた。ゆうべの彼はヴィヴィにほとんど興味を示さなかった。

ラーラは、なんだか悪夢がすべて正夢になるようないやな予感がした。もし一度でも彼がヴィヴィに会えば……二度と娘を手放せなくなるのではないだろうか。

ラーラは玄関のドアの鍵穴に鍵を差しこむと、彼の方に振り向いた。喉が砂漠のようにからからだ。

「ねえ、本当に会いたいの？ ゆうべ、あの子のことは知りたくないって言わなかったかしら？」

「だが、ぼくの心にはすでに彼女が存在しはじめてしまったんだ」彼は静かに言った。「こうなったら、会わずにはいられない」

ラーラは鍵をまわして玄関のドアを開けた。

アレッサンドロは彼女のあとについて家のなかに入ると、玄関ホールのコート掛けに黄色い小さなレインコートがかかっているのを見て胸が痛くなった。

ラーラがフレンチドアの前を通って廊下の奥の階段に彼を案内した。途中の壁に、子どもが描いた絵が飾られていた。

階段の最下段に足をかけながら、アレッサンドロは血圧があがるのを感じた。ラーラについて階段を一段のぼるごとに期待が膨らんでいく。そして二階の踊り場に着いたときは、いまにも心臓が口から飛び出しそうだった。

ラーラは白く塗られたドアをそっとノックしてから、アレッサンドロを部屋に招き入れた。

なかはすっきりした、感じのいい居間になっていた。アーチ形の仕切りの向こうには、ダイニングルームとキッチンが続いていた。通りに面したところはフレンチドアになっていて、小さなベランダがついていた。暖炉で低く燃える炎が部屋にやさしい温かさをもたらしていた。

ほかにも本棚や植木鉢や絵などがあったが、アレッサンドロはなにも見ていなかった。

「ママ、アレッサンドロを連れてきたわ」

気がつくと、ソファの向こうで本を読んでいたラーラの母親が立ちあがってアレッサンドロを見た。

グレタはすべてを見通すかのような目でアレッサンドロを眺めていたが、やがて手を差し出して彼の手を握った。「お会いできてうれしいわ、アレッサンドロ」それから振り返って言った。「じゃあ、ラーラ、わたしは部屋に戻るわ」グレタは娘の頬にキスをすると、自分の持ち物をまとめて出ていった。

アレッサンドロとふたりきりになったとたん、その場の空気が緊張でぴりぴりした。

ラーラは運命の審判でも待っているかのように思いつめた暗い目をしていた。「ちょっと、ここで待っていてくれるかしら？」

彼女はアレッサンドロにそこを動かないように合図すると、ダイニングルームの奥のドアへと向かった。そしてすぐに戻ってくると、腹を決めたかのように言った。

「いいわ、あの部屋よ」彼女は目で示した。「でも……絶対におこさないでね」

その声に彼は強い不安を聞きとったが、どうすることもできなかった。ぼくが自分の子に会うのは当然で、自分自身もそれを望んでいるのだ。

しかし、子ども部屋に案内されたとたん、頭に血がのぼって、すべてがぼやけて見えた。濃いピンク色の部屋には、おとぎ噺（ばなし）のお姫様が使うような天蓋付きの小さなベッドがおかれ、幼い少女が眠っていた。

その姿をひと目見たとたん、アレッサンドロの心臓が一瞬動きを止めた。枕に頬をうずめているので顔全体を見ることはできなかったが、そばにあるキノコ形のランプの光が、黒くつややかな髪を照らしていた。ばら色の唇をかすかに開け、驚くほど長いまつげがあどけない頬に半円形を描いていた。

アレッサンドロがなにかに取りつかれたように見つめていると、長いまつげがぴくぴくと動き、いきなり体をもぞもぞとさせた。

「夢を見ているのよ」ラーラはそうささやくと、娘の下敷きになっていた古い人形を取りあげ、小さな肩を毛布でくるみなおした。

そろそろ出ましょうと合図する彼女を、アレッサンドロは長い夢から覚めたかのような目で見ていた。

居間に戻ったあと、彼はすぐにラーラの家を出た。頭のなかでは嵐が吹き荒れ、彼の魂がひとりにしてくれとわめいていた。

アレッサンドロが最後に目にしたのは、腕組みをして階段の上に立ち、彼が去っていくのを眺めているラーラの姿だった。

13

翌朝目をさましたとたん、ラーラはなにか取り返しのつかないことがおきたような気がした。肌に残っているアレッサンドロの唇や手の感触でさえ、その不安には勝てなかった。

アレッサンドロはどう出てくるだろう。それが知りたい。ヴィヴィに会ったことで満足し、子どもばかりか、その母親のことさえ忘れて、いままでどおり自由奔放に生きるのだろうか。

ラーラの心は悲しみに満たされた。そうなることを願ったこともあったが、いまはもう……。

なぜなら、それは決していいことではないから。少なくともヴィヴィにとっては。

でも、わたしにとっては？　たしかに彼は昨夜、真剣な顔でわたしを喜ばせるようなことを言っていた。でも、六年前もそうではなかったの？　その結果、わたしの愛と信頼は苦しみと傷に変わった。

それなのに、わたしはなおも夢物語を描かずにはいられなかった。筋書はこうだ。アレッサンドロがヴィヴィを見て心を動かされ、彼女を心から誇りに思う。そして、ここにとどまって名実ともに親子になり、子どもの母親だからではなく、愛しているからという理由でわたしとの結婚を決意する……。

ふいに熱いものがこみあげてきて、ラーラは涙ぐんだ。万が一そんな奇跡がおきたとしても、わたしは彼と結婚できるだろうか。裏切られた過去がつきまとって、幸せを壊しはしないだろうか。

それに、〝ヴェネツィアの小さな島の侯爵〟が家庭的な幸福とひきかえに、自由に世界を旅してまわる暮らしをあきらめるだろうか。

ラーラはきっぱりとその夢物語を否定すると、ティッシュペーパーで涙を拭いた。

ヴィヴィが目をさまし、子ども部屋からカイリー・ミノーグ人形に歌を歌ってきかせたり、叱ったりする声が聞こえた。

ラーラはベッドから出ると、娘におはようと声をかけて浴室に向かった。

そしてシャワーを浴びながら思った。アレッサンドロが結婚を無効にしたからといって、なんだというの？　そのあとで、彼が恋人を作らなかったと本気で思っているのだろうか。だとすれば、彼の恋人全員が気になるの？

いいえ、気になるのはジュリアだけだ。

ラーラはシャワーから出ると、バスローブ姿で自分のブラウスとヴィヴィの制服にアイロンをかけた。そのあいだヴィヴィは、黒く塩辛いベジマイトをトーストに塗りたくっていた。ラーラはアイロンの手を止め、トーストをかじった娘が、妖精のような顔をしかめるのを見て噴き出すところだった。

その日出社したラーラを待っていたのは、作家志望者たちの野心に満ちた原稿の山だった。高く積まれた原稿を前にして、ラーラは顔をしかめた。なんてうれしいのかしら！

仕事に集中することなど不可能に近かった。本当にアレッサンドロをこのまま去らせてしまっていいのだろうか？

原稿の言葉がまったく頭に入ってこない。ポッサムと樹上の家がどうとかこうとかという話で、見こみなしだ。ラーラは原稿をくずかごに放り投げた。

アレッサンドロが昨夜帰っていったときの表情が思い出されて気分が沈んだ。彼は近寄りがたい雰囲気を漂わせていた。いったい今日はどんな思いで過ごしているのだろう。彼に会って、見きわめる必要がありそうだ。

しかし、次期取締役を決めるための面接を邪魔するわけにはいかない。それに、ドナチューラが番犬のように張りついているはずだ。

ラーラは指で次の原稿をいらいらとたたいた。アレッサンドロはまもなく行ってしまう。

彼が飛行機に乗ってしまったら、わたしの歓(よろこ)びと情熱も失われ、また修道女のような生活に戻るのだ。

ふたたび彼を失うのかと思うと、ラーラの心は張り裂けそうだった。

句読点のあやしげな文章としばらく格闘したあと、彼女はついに匙(さじ)を投げ、またもや原稿をくずかごに放り投げた。

次の原稿に手をのばしたとき、デスクの電話が鳴った。

「ラーラ？」アレッサンドロだった。「ちょっと会えるかな？」

「ええ、いいわよ」ラーラはそう答えながらも、その返事が穏やかに聞こえたことを願った。

だが、心は穏やかとはほど遠かった。ラーラは同僚の探るような視線を避けて立ちあがり、ブラウスとブルーの柔らかいジャケットのしわをのばして、ペンシルスカートを手でなでおろした。

アレッサンドロはオフィスのドア口で無表情な顔をして立っていた。ラーラが部屋に入ると、ドアを閉めて彼女の頬に軽くキスをした。彼の唇はひんやりしていた。

「おはよう、ラーラ」

ラーラ。ラリッサでも、大事な人(テゾーロ)でもない。一夜にして、恋人から堅苦しい関係に戻ったわけね。

「なにかご用?」ラーラは低い声で言った。

「実は、ヴィヴィに会おうと思って」

「えっ?」ラーラの鼓動が速まり、喉がからからになった。「それは……よかったわ。でも、本気なの? あの子にとってそれがどれほど重大なことか、ちゃんと考えてくれたの?」声がうわずっていた。

「ぼくは当たり前のことを要求しているだけだけどな」アレッサンドロが顔をしかめた。「きみはなにを怖がっているんだ? ゆうべのことは、ぼくにとっても、心揺さぶられる大きな出来事だった。なにもかもが」

「まあ」目に涙があふれ、ラーラはあわてて手の甲で拭った。「でも、あの子と会ったあとはどうするつもり? また世界の果てに飛んでいって、わたしたちは二度とあなたに会えないわけ?」

「いや、そうはならない」

「では、どうなるの?」ラーラはそわそわと手をもみしだいた。「あの子に会って、そのあとあなたが二度と戻らなかったら、それはあの子にとって、あなたに会わずに一生を過ごすよりもずっとひどいことになるわ。わかっているの?」

アレッサンドロが怒りに駆られてラーラの肩をつかんだ。「なぜぼくがそんなことをするというんだ？　あの子を忘れるとでも言いたいのか？」

「さあ、どうかしら。わたしのことは忘れたわ」

彼が目を丸くした。「なんだって（コーザ）？」

ドアにノックの音が聞こえ、彼がラーラの肩を放すと同時にドナチューラが入ってきた。

「次の候補者が面接に来ています」そう言ってドナチューラはぎょっとしたように足を止めた。「すみません。お邪魔でしたかしら？」

「いいえ」ラーラは身をひるがえし、ドナチューラにぶつからないようにしてドアに近づいた。「わたしはもう帰るところですから」

ラーラはそのまま化粧室に直行し、涙が乾いて体の震えがおさまるのを待った。

化粧をなおしたくても、なにも持たずに来たので、それは無理だった。

仕方がないので、デスクに戻って次の原稿を手に取ると、ひたすら下を向いていた。異変に気づいた同僚がいたとしても、誰もなにも言わなかった。

昼近くになって、バッグの底で携帯電話が鳴った。見ると、アレッサンドロからメールが入っていた。

〈玄関ロビーで待っている〉

ラーラはきっと背筋をのばした。なるほど、第二ラウンドというわけね。彼女はだいぶ落ち着いてきていた。彼がヴィヴィに会いたがるのは、悪いことではない。そもそも、それを望んでいたのはわたしのほうだ。

エレベーターの扉が開くと、すぐにアレッサンドロの姿が目に飛びこんできた。彼は玄関のそばで販売部門の社員と立ち話をしていた。

これ以上好奇の目にさらされたくなかったので、ラーラはアレッサンドロの横を黙って通りすぎ、ガラス張りのドアを出た。

すぐに背後から力強い足音が聞こえて、アレッサンドロが追いついてきた。

「さっきは悪かった。きみと話したいと思ったが、会社では無理のようだ。外ならもう少しましかと思ってね」

彼はあたりを見まわし、近くの木陰の一角にあったカフェに目を留めた。そしてラーラの肘に手をかけて急がせると、花屋の店先にある日よけの下まで連れていって、大きな花桶の横で足を止めた。桶にはフリージアやラッパ水仙や黄水仙などが入っていて、春かと錯覚するような濃厚な香りを放っている。

アレッサンドロは腕時計に目をやった。「今夜のオペラのチケットを手に入れた。音楽を楽しんだあと、食事をしながら計画を立てないか？」

「計画？」ラーラは疑わしそうに彼を見た。

「ぼくとヴィヴィが会う計画だ。彼女に心の準備をさせると同時に、どこでどんなふうに会うかを考えたい。この対面を成功させるために」

「すてきなお誘いだけど、無理だわ。三晩も続けて母に子守りをたのむなんてできないもの。ゆうべだって、出勤時間ぎりぎりだったし」

彼がラーラに鋭い視線を向けた。

「それに、オペラが終わったらすぐに帰らなくてはならないから、話をする時間はないわ」ラーラは目を伏せてぼそっと言った。「ヴィヴィにはわたしが必要なの」

アレッサンドロが穏やかな顔に戻ってうなずいた。

「むろん、あの子にはきみが必要だ。しかし、バンコクに出発するまであまり時間がなくてね」

彼はふたたび腕時計に目をやると、ラーラに背を向けて歩きだしたが、いきなり引き返してきて彼女の腕をつかんだ。

「きみが乗り気でないのは、ぼくがジュリアと結婚したことで腹をたてているからか？　きみを忘れたと言ったのは、そのことなのか？」

「なんですって？　とんでもない言いがかりだわ。あなたには、親であることの意味がわかっていないのよ。気まぐれで子どもは育てられないわ。ヴィヴィのことは知ってほしいけど、あなたの都合だけに合わせるわけにはいかないの。六年ごとに姿を見せて、数日滞在してまた姿を消す。それでも、わたしが悪いっていうわけ？」

アレッサンドロはぐっと歯を食いしばった。「仕事柄、仕方がないんだ。それがぼくの生き方だし」

ラーラは肩をすくめた。「ほらね。それに、あなたがわたしを忘れたのは事実だわ。ここでわたしと過ごしたあと、すぐにジュリアと結婚したんですもの」

彼の頬が赤くなった。「もしきみを忘れられたら、どんなによかったか」彼は吐き出すように言った。

「ぼくと一緒にアメリカに行くのを恐れたのはきみ

だ。忘れたのか？　ぼくがジュリアと結婚したとき、きみがその事実を知るとは思わなかったし、知っても別段気にもとめないだろうと思っていたよ。でも……知りたいのなら、なにもかも話そう。ぼくがジュリアと結婚したのは、彼女が夫を持つ必要があったからだ」

ラーラはかっとなった。「どうして？　彼女も妊娠したの？」

アレッサンドロがさらに顔を赤くして目を閉じた。「やめてくれ……」彼はラーラがその恐ろしい言葉を繰り返すのを阻むかのように手をあげた。「そうじゃない。彼女は怖がっていたんだ」

ラーラはほっとするあまり膝から力が抜けて、そのまま花桶の上にしりもちをつきそうになった。アレッサンドロが抱きとめなかったら、お尻がびっしょり濡れていたことだろう。

彼はラーラを花桶から引きおこすと、うろたえる彼女が身なりを整えるのを手伝った。それから彼女を花から引き離した。

店のなかから花屋の女主人が飛び出してきたが、アレッサンドロになにか言われて顔をほころばせていた。

しかし、ラーラのささくれだった心はほころぶどころではなかった。結婚の理由は聞いたものの、あまりにお粗末すぎてとても信じられない。ドルチェ＆ガッバーナのドレスを着こんだジュリアが怖がるですって？　なにを？　離婚されることを？

ラーラがそんなふうに考えているあいだ、アレッサンドロは女主人に花を傷つけたことを謝り、すべて買いとると言っていた。それればかりか、フリージアの大きな花束まで注文した。

いかにもアレッサンドロらしいやり方だわ。ラーラは苦虫をかみつぶしたような顔になった。いっそ、あの女主人と結婚すればいいのよ。

ラーラの心の声が聞こえたのか、彼が鋭く彼女を見た。そして花屋の女主人が店のなかに戻ると、低い声で言った。「ジュリアは元夫を怖がっていたんだ」

「そうなの？」

「ジーノは短気な男で、ジュリアを虐待した。そして離婚してもなお彼女につきまとって脅しつづけた。だから彼女は自分を守ってくれる男と一緒に住む必要があったんだ」

ラーラはあきれ返っていた。「へえ、それであなたと住んだわけね。そして当然ながら結婚した。よくわかったわ」

なんて都合のいい話だろう。大変なときに、手近に結婚してくれるハンサムな侯爵がいただなんて。その侯爵に女性がいたことなど気にもかけなかったというわけね。アレッサンドロはその恋人に帰ってくると約束していて、恋人も心から彼を必要としていたのに。

「あなたって立派ね。そこまで犠牲を払うなんて」

アレッサンドロがいかにも貴族らしい眉をあげた。しかし、ラーラの怒りはおさまらなかった。

「でも、ジュリアはなぜ警察とか裁判所に行かなかったのかしらね？　イタリアにだって、そういう場所はあるわけでしょう？」

「この国なら、それでことはおさまるのかな？」彼が穏やかにきいた。

「まあね……」ラーラは肩をすくめた。「ボディガードを雇うという手だってあるわ。なにもわざわざ、あなたと結婚する必要はなかったはずだけど」

「もちろん、それも試した。だが、ジーノは彼女のボディガードを買収してフラットに押しいり、彼女は顔の骨を折ったんだ」

「まあ」ラーラは身震いした。「なんて恐ろしいの」

「まったくだ」彼はラーラの肩をつかんで、真正面から彼女を見据えた。「それに、ぼくは立派でもなんでもない。だって、ぼくには失うものなどなにもなかったんだから、犠牲も払ったことにはならない。そうだろう、ラーラ？　ジュリアとは幼なじみだから、友達として手を貸した。ジーノも彼女が別の男と結婚すれば、さすがにあきらめると思ったからね」彼は自分が彼女を手荒く扱っていると気づき、あわてて手を離して謝った。「すまない。彼女はぼくの生い立ちや、ぼくが女性への暴力をどう思っているかを知っていたから、助けを求めてきたんだ」

「そう。彼女は運がよかったわね——あなたがいてくれて」ラーラは作り笑いを浮かべ、なんとか自分の立場を回復しようとした。「それに、あなたには……約束した人もいなかったわけだし、そうしていけない理由はなかったわけよね？」

彼の目がぎらりと光った。「ぼくには約束したおぼえはない。考える時間が必要だったのは、きみのほうだったはずだが？」

　ラーラは息をのんだ。「でも、断ったわけではないわ」

「どうしてそんなことが言えるのか説明してくれないかな？」

　ラーラはうんざりしたようにため息をついた。

「もういいわ。それで、どうして離婚したの？」

「ジーノはレーサーだった。そして、ぼくとジュリアが結婚してまもなくサーキットで死んだ」アレッサンドロは首を振った。「ぼくらはもともとが偽装結婚だったから、彼が自殺したあとまで結婚を続ける理由はなかったんだ」

「偽装にしては、ずいぶん豪華な結婚式だったわね。有名デザイナーのウエディングドレス。あなたの宮殿（パラッツォ）に集まった大勢の報道陣。金箔（きんぱく）を張った天井のフレスコ画に、ヴィンチェンティ家に代々仕える使用人たち。テムズ川に面したタウンハウスに赤いフェラーリ」

　アレッサンドロはすまなそうな顔をした。「わかってくれないか、ラリッサ。ぼくたちの住んでいた世界は、またちょっと違っていて……」

　ラーラは、アレッサンドロをにらみつけた。「そのとおりよ。メドーズ家は、パラッツォにはふさわしくありませんからね」

　彼は眉を曇らせて通行人を見ていたが、ふいにほほ笑んだ。「きみが言っているのは、古いランボルギーニのことかな？　それに先祖代々の使用人はひとりだけで、金箔は修復が必要だ」彼はちらりとラーラを見た。「そこまで興味を持ったというのに、イタリアで大々的に報道された離婚記事は読まなかったとはね」

「たぶん、興味をなくしたからよ」ラーラは冷ややかに言った。「それに、ほかに考えなくてはならないことがあったからでしょうね」

アレッサンドロが一瞬たじろいだ。

そのとき、花屋の女主人が紫色の薄紙に包んだフリージアの花束を持って出てきて、恋する乙女のような目で彼に渡した。

アレッサンドロは花束を受けとると、あえて大げさな身ぶりでラーラに花束を贈った。

「まあ」ラーラは面食らった。「驚いたわ。でも、ありがとう」花屋の女主人が店の奥に消えると、彼女はざらついた声でたずねた。「あなたはさっき生い立ちがどうとか言っていたけど、あれはどういう意味なの？　あなたの家にも家庭内暴力があったの？」

「まあ、そんなところだ」

ラーラはショックを受け、あわてて言った。「ごめんなさい。あんなふうに断定的な言い方をするつもりはなかったんだけど」

彼の黒い目が光った。「断定的？　それはちょっと違うような気がするな、愛する人（カリッサ）」

「だったら、どう思ったの？」

彼は腕時計に目をやった。「歩きながら話そう。面接の相手を待たせているんだ」

ラーラは花束を握ってアレッサンドロの横を歩きながら、彼の判決を待った。赤ん坊と一緒におき去りにされたのはわたしなのに、なぜわたしが非難されなくてはならないの？

それにしても、どうしてあれほど感情に駆られてしまったのだろう。ラーラは後悔しながら彼の返事を待った。

だがアレッサンドロは、会社に戻るまでなにも言わなかった。

玄関のドアを入ったとき、我慢できなくなってラーラはきいた。「教えて。わたしの言い方がどんなふうに聞こえたかを」

「甘やかされて育った女の子のやきもちさ」

「まあ！　ええ、認めるわ」ラーラは怒りにまかせて言った。「わたしは嫉妬したわ。でも、シニョール、女の子の嫉妬ではなく、大人の女の嫉妬だわ。それに、わたしはジュリアを責めたわけではないの。責めたのはあなたよ」ラーラは花束を彼の胸にたたきつけた。「あなたは戻ってくると約束した。そして、わたしはあなたを待った」ラーラの目から涙があふれた。「おばかさんみたいに、あなたを信じていたわ。信頼していたのよ」

彼の黒い目が危険な光を放った。「それは嘘だ。きみはセンターポイント・タワーには来なかった。ぼくは丸三日、あそこできみを待っていた。何度も電話をかけたが、きみは出なかった。それで、きみのフラットに行くと……別の人が住んでいた。見知らぬ男が、きみはクイーンズランドに引っ越したと言っていた。恋人と一緒に」

ラーラは息をのんだ。「なんですって？　あなたは、アメリカから飛んできたの？」

エレベーターの扉が開いて、ビジネスマンたちがどっと降りてきた。アレッサンドロはみんなが降りるのを待ち、ひとりエレベーターに乗りこんだ。そしてボタンを押すと、呆然と立ちつくすラーラを眺めていた。エレベーターの扉が閉まりだした。

「そう」彼は穏やかに言った。「ぼくはきみのために戻ってきた。だが、きみはセンターポイント・タワーにはいなかった」最後は鋭くとがめるような口調だった。

ラーラは扉が閉まる寸前、前に飛び出して叫んだ。

「でも、サンドロ……お願い、わかって！」

エレベーターの扉が閉まった。

14

アレッサンドロはエレベーターを降りるとネクタイをゆるめ、ここ数日の出来事を冷静に分析してみた。

ひとりの男がある女性に出会い、その女性の口から彼女が彼の子を産んでいたことを知らされ、援助したい……いや、その女性と子どもについてもっと知りたいと思う。

そして、過去の失敗にもこりず、ふたたび女性と熱く愛しあう。女性も情熱的に応えはしたものの男を怖がっている。男が子どもに害を与えるのではないかと心配しているのだ。

アレッサンドロはかっとなった。

男はその子の寝顔を見る。

あのときのことを思い出しただけで、アレッサンドロは心臓が止まりそうになった。幼くてあどけなく、なんとも美しい娘。小さな指先、みずみずしい肌。

だが男は自分が完全につまはじきにされていることを知る。女性と娘の周囲に築かれた女同士の壁が彼を阻んでいるのだ。でも、どうして？　原因は過去の出来事なのか。過去に悪いことをしたおぼえはないが。

だが必要なら、そんな壁などたたきつぶしてやる。

オフィスに着くと、ドナチューラが探るような視線で彼を見た。「面接を終えた人たちのリストに、目を通しますか？」彼女がたずねた。

「なんのリストだって？」

「からかっているんですか？　新しい代表取締役の候補リストに決まっています」

「わかった。始めてくれ」

彼女はリストを取りあげたが、彼はポケットに手を突っこんだままで部屋を歩きまわっていた。こちらの弱みを見せてはだめだ。ラーラが壁をくずさないのなら、こっちにも考えがある。

「だめだ」ドナチューラが最初の名前を読みあげたとたん、彼は手を振った。そして次の候補も即座にはねのけた。「彼女にはひらめきがない」

それにしてもラーラの態度は謎だらけだ。自分が妊娠していることがわかって、相手がほかの女性と結婚したと知れば、たしかにショックには違いないだろう。だが、いまはもう状況が違う。ぼくはシドニーにいるし、すべてを受け入れるだけの……。

「では、デクスター・バリーはどうですか?」

「嘘（うそ）だろう? 使えない」

「スティーヴ・ディズニーにしませんか。わたしとしては気に入っているのですが。若いし、頭も切れて、立派な資格も持って――」ドナチューラはアレッサンドロににらまれて下を向いてしまった。

アレッサンドロは髪をかきむしった。今夜はもっとすばらしい夜にしよう。

ごく普通の子どものいる夫婦のように、ふたりで音楽やイベントを楽しみ、そのあとホテルに戻って楽しむ。

ああ、時間さえあれば、ラーラとその娘に外の世界を見せてやれるのだが。ふたりの足元にバラの花びらを敷いて、金色に輝くフレスコ画が描かれたぼくの宮殿（パラッツォ）に案内してやりたい。

だが、あと二、三日でバンコク行きの飛行機に乗らなくてはならない。ラーラには、まだなにひとつわかってもらえていないのに。

そう、ラーラはまるでわかっていない。

それでも昨夜、街灯の下で彼女の瞳のなかに愛を見たような気がした。そしてベッドのなかでも……。

アレッサンドロは思わず目を閉じた。まぶたの裏にラーラの愛らしさや、ストッキングを身につけただけの美しい裸体が浮かんでくる。

うっかりすると、ふたりは運命の赤い糸で結ばれていると信じてしまいそうだ。六年前と同じように。

アレッサンドロはふと気づいた。いますべてを解決しなければ、ラーラはすぐにも他の男性とつきあいはじめるのではないか。日に焼けて、クリケットしか頭にないオーストラリア人と。彼のかわいい娘も一緒に……。

「ロジャー・ヘイワードはどうでしょう。適任だとは思いませんか？　パワフルで、革新的で……」

彼ははっと我に返った。「ドナチューラ、しっかりしてくれないか！」

彼がそう言ってデスクをたたいたので、ドナチューラは飛びあがった。

「だめだ。誰ひとりふさわしくない！」

15

家の門まで来ても、ラーラはまだ呆然としていた。彼女の頭にあったのは、センターポイント・タワーのてっぺんで来ることのない女性を待ちつづけていた彼の姿だった。

どんなに辛かったことだろう。傷つき、失望し、プライドをずたずたにされ、帰りの飛行機にひとり乗りこむ姿を想像しただけで悲しくなる。会社にやってきた最初の日、あんな態度をとったのも理解できる。

六年前、アレッサンドロは本気でわたしを求めていた。だがいまは……。そのときラーラは自分が今日、彼と過ごす最後のときを逃してしまったことにふと気づいた。すぐにも彼と話さなくては。

　だがアレッサンドロはずっと会議中だった。おまけに彼に会おうとオフィスでぐずぐずしていたのに、いつのまにか彼は退社していた。ヴィヴィとグレタが待っていなければ、ホテルまで追いかけるのに。

　奇妙なことにいまのラーラは、彼はすばらしい父親になるのではないかと思いはじめていた。ああ、彼のバンコク行きを止める手だてさえあれば。

　正直に認めることね、ラーラ。あなたはいまでも、彼を深く愛しているって。

　家に戻ったラーラにグレタがたずねた。「なにか進展はあったの？」

　母親はヴィヴィの寝顔を見たアレッサンドロの反応を知りたがっていた。ヴィヴィがそばで聞き耳を立てているので、ラーラは慎重に答えた。「少しはね」母親に目で合図した。「もっと近づきになりたがっているの。そのことで今晩話したいと言われたけど……」

　グレタが思いやりをこめて言った。「夜勤を替わってもらえるかどうか聞いてみるわ。そうそう、あなたになにか届いているわよ」彼女は二階を指さして目を輝かせた。ヴィヴィが先に立って階段を駆けあがり、あとにラーラとグレタが続いた。

　部屋のドアを開けたとたん、いっきに春が目のなかに飛びこんできた。何ダースものストックや黄水仙やラッパ水仙のほかにも、いい香りを放つフリージアやバラが交じっていた。きっとあの花屋はいまごろ空っぽに違いない。

「まあ」ラーラはあえいだ。

　ヴィヴィが歓声をあげ、花から花へ飛びまわった。

「ママ、これはクリスマスのプレゼントでしょ？サンタさんがくれたの？」

　ラーラは言葉につまり、黙って娘を見つめた。ちょうどいい機会ではないかしら。ヴィヴィの人生の大事な転換点だわ。「いいえ、これは……」ラーラはヴィヴィの両手を握った。「ねえ、ヴィヴィ、こっちに来て、ちょっと座ってちょうだい。誰がお花を贈ってくれたかを教えてあげるから」

それからしばらくして、ラーラは携帯電話を手にしてベッドに座っていた。

彼女が息をつめて電話をかけると、すぐに留守電に切り替わった。

きっとオペラに行ったんだわ。もしそこで見つけられなければ、ホテルを訪ねればいい。一か八かの賭けだが、なにもしないよりはましだ。

ラーラは大きな黒いパシュミナのストールをまとい、赤のシフォンのドレスの裾をひらめかせてタクシーに乗りこんだ。

タクシーはマックォーリー・ストリートの並木を通ってオペラハウスの前庭のロータリーに入った。

ラーラは身を乗り出し、オペラハウスから吐き出されてくる人々を眺めた。車寄せにはリムジンが列を作っていたが、彼が車を使うとは思えなかった。

ラーラはタクシーを降りると、巨大な貝殻形の建物に続く広い階段をのぼった。すべての出入口を見渡すのは無理だが、彼が歩いてホテルへ帰るとしたら必ずここを通るはずだ。

まばらだった人の流れが大きく膨らんできて、コンコースはオペラ帰りの客でごった返した。ラーラはパシュミナのストールを体に巻きつけ、人混みのなかに長身の男性を見つけようと目をこらした。

アレッサンドロはできるだけ人混みを回避しながらコンコースに出た。プッチーニの豊かなメロディがまだ体じゅうに鳴り響いている。だが、彼の血をわきたたせているのはそれだけではなかった。

昔もまたこうだった。六年前、ラーラは彼に負けず劣らずオペラのファンになり、彼が語る歌姫や指揮者といったオペラの伝説的人物の物語に嬉々（きき）として耳をかたむけたのだった。

今夜のこのオペラも、彼女が一緒だったら千倍も楽しめただろう。

だが、そんな機会はもう二度とこない。

近頃やたらに浮かんでくる自分の未来の姿に目をそむけ、彼はサーキュラー・キーの方に曲がってホテルへと向かった。世界中の都市、ホテル、数えきれない孤独の夜。たとえ仕事に成功しても、ぼくの居場所はどこにもなく、しがみつく人生もまたない。

やがて気がつけば老人となり、ヴェネツィアの朽ち果てた廃墟（はいきょ）で母親と暮らしているのだろう。

「サンドロ？」

アレッサンドロはその場に立ちすくんだ。これは幻なのか？　ラーラがオペラハウスの階段に立っている。そして揺るぎのない視線をこちらに向けながら、一段また一段と階段をおりてくる。アレッサンドロのなかで喜びが爆発した。

「こんばんは」彼女が息を切らしながら言った。「あなたに会えるかどうかわからなかったけど、でも……よければ軽い食事でもと思って」

「軽い食事」アレッサンドロはラーラの美しさにみとれ、ただ言葉を繰り返した。彼女の繊細な顔は黒いパシュミナのストールで縁取られ、胸元からは赤いドレスがのぞいていて、膝にもまとわりついていた。「ああ、もちろんだよ」彼はほほ笑んだ。

「どこで食事をするつもりだったの？」

「そこだよ」彼が階段の上を指さした。

ラーラがぱっと目を輝かせた。「あそこ？　あの晩も、あそこで食事をしたわね、おぼえているかしら？」まつげを伏せて口ごもる。「昔……」

「おぼえているよ」彼はラーラの手を取って静かに言った。「忘れるはずがない」

彼が指さしたギヨームは、ラーラがシドニーで最高に刺激的だと思うレストランだった。オペラハウスの最南端の部分にあり、港に面した巨大な窓からは中心街(シティ)まで望むことができた。海に浮かぶ船の瞬きやハーバーブリッジ、シティの高層ビルの明かりなどを目にしていると、なんだかレストランごと水に浮かんでいるような気がしてくるのだ。

ふたりが案内されたのは、光あふれるシドニー港に面したボックス席だった。テーブルには真っ白なリネンがかけられ、食器とグラスに光が反射している。ラーラはストールをはずし、喉や腕にアレッサンドロの強い視線を感じた。

「ドン・ペリニヨンでございます」ウエイターが慣れた手つきで注文されたシャンパンのボトルのコルクを抜き、泡だつ液体を一滴もこぼさずに注(つ)いだ。

ラーラはその様子を感心しながら見た。

アレッサンドロがグラスをあげた。「乾杯(サルーテ)」

「まあ。なんのお祝いかしら？」

彼がグラスを合わせ、ラーラの目をのぞきこんだ。「ふたたびお互いを見つけたことに」

ラーラは期待に胸を膨らませながら金色の液体を口にふくんだ。泡が音をたてて血管を駆けめぐる。「おいしい」ラーラはグラスを持ったまま椅子の背に体をあずけた。「今夜会えて本当によかったわ。その……わたし、考えていたの」ラーラはためらいがちに言った。「あなたがヴィヴィに会うのに適した場所を探そうと言ったことを……」

彼の目が険しくなり、神経を集中させているのがわかった。

「土曜日はどうかしら？」ラーラは豊かなまつげの下からちらりと彼を見た。「ヴィヴィになじみのある場所がいいと思うの」

「まさか校庭じゃないよね？」

「いいえ、違うわ」ラーラはあきれたようにぐるりと目をまわしてみせた。「これからは、あそこには足を踏み入れるたびに顔が赤くなりそう」

「だったら、きみの家かい？　それはちょっと危険じゃないかな？」

「そうね。家はヴィヴィの安全な避難場所だし、彼女のすべてでもあるわけだから。公園って手もあるわ。あそこなら遊具もあるから、わたしたちが話をしているあいだに遊ぶこともできるわ」

「それはいい。彼女はよくしゃべるほうかい？」

「機嫌がいいときは、小鳥が群がった木みたいににぎやかよ」

アレッサンドロはほほ笑んだ。「ほかにはなにかあるかな？　旅行に出かけるとか、動物園に行くとか……？」

「まずは様子を見てみましょう。うまくいったら、日曜日にまた計画を立てればいいわ」

アレッサンドロはにっこりと笑みを浮かべた。

「とてもいい（モルト・ベーネ）考えだ。じゃあ、日曜は空けておこう。それで……彼女にはどう話すつもりだい？」

「あなたが贈ってくれた花を見たときに話しておいたわ。豪華なお花をありがとう」

アレッサンドロは手を振った。「ぼくにできるのはあれくらいだからね。それで……反応は？」

ラーラは思い出し笑いをした。「あっさりしたものよ。どうやらサンタさんには一歩及ばなかったみたいね。でも、それはあの子がまだあなたに会っていないからよ。一度会えば……」ラーラは下を向いて涙を隠し、かすれ声で言った。「わかるわ」

「なにがわかるんだい？」彼は静かにたずねた。

「あなたが……どんなふうか」

「で、ぼくはどんなふうなんだい？」

「いろいろあるけど……とにかくすてき」

アレッサンドロは笑いながら彼女の手を取ってキスした。「それは光栄だ。きみこそすてきだよ」

ラーラはアレッサンドロの指を握りしめ、彼の手の温かさと強さと、胸にこみあげてくる喜びを噛みしめた。それから彼女は言った。「わたしからも話したいことがあるの。六年前のことについてよ」

彼が体をこわばらせた。

「アレッサンドロ、本当にごめんなさい。今日会社の玄関ロビーであなたを責めたりして。あなたにはなんの非もなかったのに。いまになってどうしてあんなにむきになったのか、自分でもわからないわ。きっとかつての気持ちがよみがえってきたのね。正直に言うと、わたしはあの日、センターポイント・タワーであなたに会うつもりだったの」

彼の目つきが鋭くなった。「なんだって？」

ラーラはうなずいた。「わたしはあなたと一緒にアメリカに行く準備をしていたの。入院していなかったら、まちがいなくそうしていたはずよ」

「なんてことだ。入院だって？　どうして？」

彼の心配そうな顔を見て、ラーラの目に涙が浮かんだ。「森林火災のことを話したでしょう？　実は、それがあの夏におきたの」

「つまり、きみは……あの夏にお父さんを亡くしたのか？」

「ええ。わたしたちが約束をしたあと……」彼が顔をこわばらせてなにか言おうとしたが、ラーラは制した。「わたしがいけないの。わかっているわ。でもせめて、どんなに後悔しているかをわかってもらいたくて……」ラーラは声を失い、黙りこんだ。

アレッサンドロはあわてて言った。「お願いだから、落ち着いてくれ」それから多少ぶっきらぼうに言った。「たしかにあの約束のことでは、ぼくの言い方には少々とげがあったかもしれない。だが、あれは乱暴な要求だった。そうだろう？　あんなふうにぼくを試すなんて。ぼくの――」アレッサンドロは言葉を切って荒々しく息をした。「でも……」彼は落ち着きを取りもどすと両手をあげた。「ぼくも最終的には同意したのは認める。不本意ながらもね」

ラーラは顔をしかめた。「ごめんなさい。あのころは、あなたがそこまで真剣だとは気づかなかったの。それに、わたしも若くて、あなたを本当には理解していなかったんだと思うわ……」

アレッサンドロはあわてて手を振った。「わかったよ。その話はもうやめよう。それで……」彼は黒い目をきらめかせ、じっと彼女を見つめた。「あの夏になにがあったんだ？」

「あなたが行ってしまってから、わたしは退職通知を出し、フラットを引きはらって、両親と最後の一週間を過ごそうとビンディノングへ帰ったの。あのあたりでは夏になるとよく山火事がおこって、あなたと約束した日の二、三日前も突然燃えだしたの。そしてその火がどんどん広がって尾根を焼きつくし、町まできたの。通りは寸断され、わたしの家も焼け落ちたわ。数人が燃えた家に閉じこめられたの。ほとんどの人は助かったけど、パパは……」

思い出すだけで、ラーラの喉はつまった。アレッサンドロが彼女の腕をやさしくさすって慰めた。

ラーラは続けた。「幸い、わたしは消防隊に救出されたの」

「でも、怪我(けが)をしたんだね？」

「ええ、頭に細いひびが入ったの。それに、ちょっとしたやけどを……」ラーラは覚悟を決めたように髪をかきあげると、うなじから肩にかけて走るやけどの跡を見せた。

アレッサンドロの口から鋭い叫び声がもれた。目をあげると、彼の黒い目には雷に打たれたような表情が浮かんでいた。それに、彼女への深い思いやりと同情も。

アレッサンドロは彼女をそっと抱きよせ、額や頬や唇にやさしさのこもったキスをした。「ああ、ラーラ。ぼくのかわいそうなラリッサ。そのことを知ってさえいたら……」

アレッサンドロが腕に力をこめたので、それに応えてラーラもまた彼を抱きしめた。そして、アレッサンドロのたくましい首に唇を押しつけ、彼の男らしい香りと力強い心臓の鼓動を楽しんだ。

「どれくらい入院していたんだ？」

「二週間よ。意識を取りもどすまでには、二、三日かかったわ」

「なんてことだ。もしかしたら、死んでいたかもしれないんだね？」

「ええ、運がよかったわ。こんなに小さな傷ですんだんだから」それでも、彼がよく見ようとすると、ラーラはさっと身をかわした。「やめて、お願い」

「悪かった」アレッサンドロは後悔と緊張の混じった面持ちで言った。「ぼくには衝撃的な話だけれど、ある意味、救われもした」彼はまるでラーラにどうしても触れる必要があるかのように両手をあげ、そしておろした。「これですべてが変わった。少なくとも、きみが約束の場所に来るつもりだったとわかって……」彼はこぶしを固めた。「ああ、もっと早く知っていさえしたら」アレッサンドロは首を振り、イタリア語でなにか叫んだ。「きみから火事の話をきいたときも、まったく気づかなかった。どうして、あのとき話してくれなかったんだ？」

「だってあなたは、わたしに会って迷惑そうだったから。そうでしょう？」

「ああ」アレッサンドロは悔しそうな表情で背筋をのばした。「リストにきみの名前を発見したときは、ひどくショックを受けたよ。きみにどんな態度をとればいいのかわからなかったし。でも……」彼は長々と息を吐き出した。「いまはわかっている」アレッサンドロはふいに彼女に向きなおり、真剣なまなざしで彼女を見つめた。「それで、妊娠がわかったのはいつだい?」

「入院中よ」

彼は思わず目を閉じた。「ああ、辛かっただろうね。きみもお母さんも。お父さんも亡くし、そのうえ……」

「たしかに最初の一、二年は本当に辛かったわ。でも、ほら、〝人生は続く〟っていうでしょう? どんな悲しみも、やがてはやわらぐものだわ」ラーラは彼を見つめて穏やかに言った。「それに、わたしたちにはヴィヴィがいたし」

彼がラーラを見る目は温かかった。

ウエイターがやってきて、テーブルの上に湯気の立つ小皿料理を並べた。

ウエイターが行ってしまうと、アレッサンドロは入院当時のことをいろいろたずねた。

「家が焼けて、なにもかも失ったわ」ラーラは言った。「あなたの電話番号が入っていた携帯も含めてすべて。あなたの電話番号くらいおぼえていてもいいはずだけど、数週間は自分の名前すら思い出せなかったの。火事のショックのせいだそうよ」

「だから、ぼくがいくら電話をしてもつながらなかったんだな。ああ、あのときぼくはどんなに落胆したことか」彼はトリュフ入りのトルテッリーニを、ロブスターのソースとともに彼女の皿に取りわけた。「それで、きみが回復して連絡を取ろうとしたとき、今度はぼくを見つけられなかったんだね?」

ラーラはうなずいた。「ハーバード大学に電話しても取りつく島がなくて、十回ほど電話してようやく、あなたはもう在籍していないって教えられたわ。そのあとは、もうどこを探せばいいのかもわからなくて」彼女は顔をしかめた。「でも、どうしても、あなたを見つける必要があって……」

アレッサンドロは毒づいた。「ああ、ぼくはなんてばかだったんだ。きみがぼくの結婚を知ったのは、そのときだね？」

ラーラは肩をすくめ、目に涙をにじませながらほほ笑んだ。「あのころのわたしはまだ若くて、国際人の暮らしぶりや、交際の仕方についてまったく無知だったから、あなたの結婚式の記事を見て……」

アレッサンドロがため息をついた。「ああ、事実がわかってさえいたら、すべてが違っていたのに」

「そうなの？」ラーラはごくりとつばをのみこんだ。「でも、すべて終わったことだわ」彼女は肩をすくめると、悲しそうな目で彼を見た。「運命としか言いようがないわね。ああ、サンドロ、本当にごめんなさい。あなたはちゃんと来てくれたのに、わたしはあなたをずっとうらんでいたなんて」

ラーラは申しわけなさそうに唇を噛んで、ふたたび彼の手を取った。

「あなたも同じ気持ちだったでしょうね？　あなたがわたしに敵意を抱いたのも無理はないわ」

アレッサンドロは即座に言い返した。「敵意なんかじゃない。状況をよく考える必要があっただけだよ」

「失うものがないからジュリアと結婚したと言ったのも、そのせいなのね？　あなたは……わたしに振られたと思ったの？」

アレッサンドロは渋い顔をして肩を怒らせ、かすれた声で言った。「あのときは、ただ、かつてのきみへの思いが戻ってきただけだ」

ラーラは驚いて彼を見つめた。「えっ……あなたはあのとき、わたしがほしかったの？」

「そうだと思う」彼の口元がゆるんで、目が皮肉っぽく光った。「なにしろ、あのころのぼくは若かったからね」

ラーラは震える手を頬に押しあてた。「ああ、なにもかもが信じられないわ。頭がおかしくなりそう。

すべてを整理するには時間が必要ね」

　アレッサンドロは黒い瞳でじっと彼女を見つめると、かがみこんでその唇にキスをした。「いま、きみに必要なのは、このおいしい食事を味わい、それからぼくと歩くことだよ」

「どこまで?」

「ザ・シーズンズホテルまで」彼はきっぱりと言った。

16

　たった数日間で世界が大きく変わった。アレッサンドロはラーラをせかしてサーキュラー・キーの並木道を過ぎ、ジョージ通りへと入った。明日にも娘に会える。ぼくの娘に。

　まさに奇跡だ。娘と会うのを怖がっていた自分が信じられない。ラーラと再会した日の態度を思えば、穴があったら入りたいくらいだ。

　アレッサンドロは、女手ひとつで大変な思いをして子どもを育ててきたラーラにどれほど感謝しているかを知ってもらいたいと思った。だが英語はイタリア語と違って、そういう思いを伝えるのにふさわしい表現がない。まさか、窓の下で歌を歌うわけにもいかない。となれば、できることはひとつだけだ。

幸い、ザ・シーズンズホテルに向かう途中では、公衆の面前で彼女に恥をかかせることなく、感謝の思いを伝えるには最適な暗がりが何箇所もあった。

アレッサンドロはラーラをそんな暗がりに引きずりこんで力いっぱい抱きしめ、激しくキスをした。ふたりの甘い息がからみあって、ラーラもまたあえぎながらキスに応えた。

そのせいで、ホテルにたどり着いたとき、アレッサンドロの下半身は完全に準備が整っていた。ラーラもまた同じだった。

柔らかい明かりに照らされた部屋に入ったとたん、彼の脳裏に昨夜のことがよみがえった。あのときラーラは明かりを暗くしてと頼んだ。そのわけがわかり、アレッサンドロは胸が痛んだ。しかし、これからのふたりには、もう隠し事もなければ秘密もない。

アレッサンドロがラーラを抱きしめると、彼女はすなおに彼の首に両手をまわした。

アレッサンドロはキスをしたままラーラを寝室に導いた。「さあ」彼はゆっくりとラーラのパシュミナのショールをはずした。

ふたりはしばらく見つめあっていたが、やがてアレッサンドロはラーラの髪をかきあげ、頬骨にそって指を走らせた。

「きみは最初に会ったときと変わらず美しい」彼が言った。

「それは違うわ」ラーラはわずかに顔をしかめた。

「いや、もっと美しい、大事な人(テソーロ)」彼の声は欲望でうわずっていた。

アレッサンドロはラーラを引きよせ、ベッドに腰をおろして靴と靴下を脱いだ。それから彼女のうなじに手をのばし、髪で隠れていたドレスのファスナーをおろすと、背骨にそって指をはわせ、次に首筋からのびる傷跡をそっとなぞった。

ラーラがはっとして体を離そうとすると、彼はささやいた。「怖がらないで」

傷跡はすでに滑らかになってはいたが、周囲と違い、そこだけサテンのような光を放っていた。彼が髪をわきに押しやった。

いまアレッサンドロの目には傷跡がくっきりと見えているはずだ。ラーラは背筋をのばし、床の絨毯だけを見つめていた。しかし、アレッサンドロが肩先の傷跡に唇を押しあてたときには、さすがに体を硬くした。彼がそのまま傷跡にそって唇を動かすと、ラーラは心のなかの恐れや気後れが少しずつ溶けていくのを感じた。

アレッサンドロは彼女の顔を自分の方に向け、喉や顔にキスをした。

ラーラのドレスが肩からすべり落ちると、彼はキスしたままブラジャーをはずした。

そのあとは、不安の入りこむ余地などどこにもなかった。ラーラが感じていたのは、アレッサンドロの唇や指の動きと、柔らかい胸をこする彼の頬や顎のざらつき、そして彼女自身の血管を駆けめぐる情熱だけだった。

アレッサンドロは燃えるような手で、すばやくラーラの服を脱がせてベッドに横たえた。

そして黒い目に欲望をたぎらせながら、舌や指で彼女の裸体を愛撫し、興奮のるつぼへと投げこんだ。

感じやすいブロンドの茂みの奥がうずきはじめると、追い打ちをかけるように、彼が指や唇で刺激する。ラーラの口から、さらに満たされることを願ってうめき声がもれた。

アレッサンドロはラーラの上におおいかぶさり、腿を押しひろげた。彼女を見つめる目が怖いほど真剣で、その声は心の一番深い部分から押し出されたかのようだ。「きみが約束の場所にあらわれなかったとき、ぼくがどんなふうに感じたかわかるかい？

まるで、この世界のどこにもぼくの居場所がないかのようだった。あまりの空しさに心が粉々にくだけそうだったよ」

アレッサンドロのかすれた声が、ラーラの魂を揺さぶった。

ラーラは愛と後悔が入りまじる胸に、彼をしっかりと抱きしめた。ふたつの心臓がお互いに響きあう。彼女のキスにアレッサンドロが応え、ラーラの燃えあがる体が欲望の白い光となって彼の体を招き入れた。

アレッサンドロはラーラの湿った深みに自分を沈め、彼女が歓びの頂点にのぼりつめて激しく震えるまで愛しつづけた。

しばらくすると、今度はラーラが馬乗りになって、自分の白い肌と、ブロンズ色の男らしい彼の体の違いを楽しんだ。そして、彼が荒々しく彼女を組みしいたときは、強烈な興奮をおぼえた。

アレッサンドロは、そうしてラーラをふたたび歓喜の高みへと導いていった。

明け方近く、心も体も満たされたアレッサンドロはラーラを背後から抱いたまま深い眠りについた。そして彼女の真っ青な目に、愛を迫られる幸せな夢を見た。

しかし、なにかがその夢から彼を引きずり出した。はっと目を開けると、窓から青白い夜明けの光が差しこんでいた。彼は目をぱちぱちさせながら、なぜカーテンが開いているのかといぶかった。そして服を着ると、爪先立ちでドアに向かうラーラの姿に気づいた。

「いったいどうしたんだ？　どこへ行くつもりなんだ？」彼はうなるようにたずねた。

ラーラは振り返って悲しそうにアレッサンドロを見た。「ごめんなさい、ダーリン。わたし、帰らないと。ヴィヴィが目をさましたとき、そばにいてあげなくてはならないの。子どもを持つのって、こういうことなのよ」

ラーラは彼に投げキスをした。

ドアがかちっと音をたて、ラーラの姿が消えた。

17

土曜日、空は晴れ渡り、かすかな風がニュータウンの歩道の落ち葉とたわむれていた。ラーラはその日の朝まで、アレッサンドロとの面会のことをヴィヴィに言わなかった。よけいな不安を与えたくなかったからだ。

グレタはアマチュア・オーケストラの仲間たちと日帰り旅行に出かけ、家にはラーラとヴィヴィのふたりだけだった。ラーラは朝食の席で娘にアレッサンドロに会うことをさりげなく伝えた。

ヴィヴィはおかゆ（ポリッジ）の器越しに、興味と不安の混じりあった顔でラーラを見ていた。

「その人、ママの旦那さん？」しばらくしてヴィヴイがたずねた。

「いいえ」ラーラが言った。「お友達……わかるでしょう。とてもいいお友達よ」

その朝、アレッサンドロは海岸沿いの道をジョギングしていた。早朝の冷気に吐く息が白く、くだける波頭に冬の太陽があたって輝いていた。

いったい全体、小さな女の子を相手に、大人の男はなにを話せばいいのだろう？　ラーラにきいておくべきだった。

アレッサンドロはヴィヴィのために、前もってハート形のペンダントを買い求めておいた。繊細な透かし細工の真ん中に小さなルビーがはめこまれ、細い金の鎖がついている。

ジョギングのあと、アレッサンドロはいつもより念入りに髭を剃った。娘から、毛深くて野蛮な怪物のように思われたくはない。

服装はカジュアルにして、ポロシャツとジーンズを身につけ、靴はローファーをはいた。

約束の時間は十一時だ。

アレッサンドロはその公園の場所をすぐに突きとめ、四方八方に枝をのばしたイチジクの巨木の下に車を停めた。そして胸をどきどきさせながら車を降り、アヒルのいる池へと向かった。それにしても、幼い女の子が、大の男をここまでおびえさせるとは。

池へ続く小道がカーブしているところで、彼はふいに足を止めた。池の端にラーラが立っていて、黒髪の女の子に水のなかを指さしてみせていた。

ぼくの娘だ。アレッサンドロの心臓が跳ねあがった。

まるでその音が聞こえたかのように、ラーラが振り返った。そして娘の方にかがみこんでなにか言うと、女の子が母親の手を握ってぱっと振り返った。

少女の顔は母親に似て実に繊細だったが、髪や肌の色はアレッサンドロにそっくりだった。小さなジーンズをはき、たくさんの蝶が飛ぶ、ピンク色のふわふわしたトップスを着ていた。

ラーラは近づいてくるアレッサンドロを見て、ヴィヴィの手に力がこもるのを感じた。ヴィヴィを見つめる彼の顔にも驚愕の表情が浮かんでいた。

ラーラが彼と挨拶を交わしているあいだ、ヴィヴィは母親の足にしがみついていた。

「ダーリン」ラーラは娘にほほ笑みかけた。「こちらはアレッサンドロよ」

彼はしゃがみこむと、ヴィヴィと目の高さを合わせた。「名前を教えてくれるかな？」

ヴィヴィが黒く柔らかい目で恥ずかしそうに彼を見ながら小声で答えた。「ヴィヴィアン・アレッサンドラ・メドーズよ」

アレッサンドロがはっとしたようにラーラを見あげた。彼の目がうるんでいることに気づき、ラーラの目にも涙が浮かんだ。

「とてもきれいな名前だね」彼が強く心を動かされているのは、あきらかだった。「ほら、きみにいいものをあげよう」彼はポケットに手を入れ、小さなピンク色のベルベットの箱を取り出した。

ヴィヴィがびっくりしたような顔で箱を見て、それから母親を見た。

「いただきなさい。あなたへのプレゼントよ」

ヴィヴィはうやうやしく箱を受けとり、母親の助けを借りて蓋を開けると目を丸くした。

「ありがとうは？」

ラーラに促されて、ヴィヴィが口のなかでなにかぼそぼそとつぶやいた。

「つけてみる？」ラーラはたずねた。

ヴィヴィは首を振ったが、箱をあずかるという母親の申し出はきっぱりと断った。

アレッサンドロが立ちあがってサングラスをかけた。

ラーラがなにげない調子で言った。「寒いわね。でも、お天気がよくてよかったわ」

アレッサンドロが少し声をつまらせながら応じた。「オーストラリアって、一年中晴れていなかったっけ？」そしてヴィヴィにたずねた。「ここでは雨は降らないよね、ヴィヴィ？」

ヴィヴィはなにも答えず、母親の手を握ったままうつむいていた。

「さてと」ラーラが明るく言った。「アヒルさんがなにをしているか見てみましょうか。池にはウナギさんもいたと思うけど」

「ウナギ！　ぼくもぜひ見たいね」彼が笑いながら、ラーラに感謝の意を示した。「それに、ここにはブランコがあるかどうか調べに行かないと」

ヴィヴィが我慢できなくなって言った。「ブランコ、あるわ。滑り台もあるの」

池でアヒルを見て、ウナギらしき姿も目撃して歓声をあげたあと、ヴィヴィは滑り台を楽しんでいた。いつもと違い、ふたりの大人が両手を広げて下で待ってくれていたが、アレッサンドロの手のなかに転がりこむことはなかった。それでも父と娘はまちがいなく打ち解けてきていた。

ラーラがアレッサンドロを昼食に誘い、彼が間髪を入れず申し出を受け入れた。そして象だって食べられそうだと言って、ヴィヴィを驚かせた。

家に戻る途中、キング・ストリートのデリカテッセンに立ちよって食べ物を買いこんだ。ヴィヴィはアレッサンドロの選ぶものに目を丸くした。

「わたし、アンチョビは食べない」ヴィヴィは彼に非難がましい目を向けて言った。「それに、アーティチョークも」

「じゃあ、オリーブは？」

ヴィヴィは首を振った。

「そうか。でもいつか食べるようになると思うよ」

「ならない」

それでもランチは大成功で、ラーラはほっと胸をなでおろした。食事が終わると、ヴィヴィが彼に、カイリー・ミノーグに会いたいかとたずねた。

「カイリー・ミノーグ？」アレッサンドロは怪訝な顔をして聞き返した。

しかしラーラがしきりに合図するので、アレッサンドロはぜひ会いたいと答えた。そしてヴィヴィが大事そうに抱えてきた人形を見て、あっけにとられた。ラーラがぐっと笑いをこらえている。

だが彼はまじめな口調で言った。「これはこれはミス・カイリー、なんとお美しいことか」

髪が抜け、着ているものもすり切れたそのミス・カイリーは、お茶を飲むあいだずっと彼の膝の上にのっていた。ラーラはその姿をヴィヴィがじっと見つめていることに気づき、もしかしたらやきもちをやいているのかしらと思った。ラーラ自身もまた、人形がうらやましかったからだ。

ランチのあと片づけがすむと、ヴィヴィは彼に褒めてもらいたくて、ありとあらゆるものを持ってきては見せていた。

ラーラは見かねて言った。「ねえ、アレッサンドロを少し解放してあげないと。お散歩に行くのはどうかしら？」

「ドライブしてから、散歩はどうかな？」

彼がふたりを車でボンダイ・ビーチに連れていくと、ヴィヴィは大喜びだった。ラーラは浜辺でヴィヴィと追いかけっこをしたが、最後には疲れて砂浜に座りこんだ。アレッサンドロも隣に腰をおろし、甲高い声をあげながら波とたわむれるヴィヴィをふたりで眺めた。

「あんなことにあそこまで夢中になれるなんて」彼はラーラの肩に手をまわして耳にキスをした。「親になるとは、こういうことなんだね」

「ええ。二十四時間ずっと目が離せないわ」

アレッサンドロは彫りの深い横顔に太陽の光を浴びながら、なにか考えこんでいた。

「プレゼントをありがとう。すてきなペンダントだわ」しばらくしてラーラは言った。そして、静かにつけ加えた。「あなたを忘れないようにということね？」

彼はラーラの方を向いた。「いや、あの子が、今日という日を忘れないようにということだよ」彼は穏やかに言いなおした。

18

アレッサンドロは夕食も食べていくことになった。そして、料理は自分が作るからと言って、ヴィヴィを驚かせた。

夕食が終わり、ヴィヴィも眠ると、ホテルに帰るつもりが、いつのまにかラーラと同じベッドで一夜を過ごすことになった。

そして日曜日、アレッサンドロはヴィヴィの王子様に変身していた。〝ヴェネツィアの小さな島の侯爵〟の魅力には、どんな女性も勝てないようだ。

しかし、時間がたつにつれて彼の口数が少なくなった。そして午後遅くなって、来週の仕事の準備があるからホテルに戻らなくてはと言った。

ラーラはひどくがっかりしたが、それでも、さよならを言う彼の首にしがみつく娘を見て、気丈に笑ってみせた。

月曜日の朝、ラーラはアレッサンドロのオフィスに呼ばれた。

「実は、きみに話があるんだ」彼が言った。

ラーラはいやな予感がしたが、あえて笑った。

「まさか、妊娠したとか？」

アレッサンドロはそっとラーラを見て言った。

「ぼくは今夜イタリアに戻る」

「えっ？」ラーラは頭のなかが真っ白になった。

ほかになにを期待していたの？　彼は経済的な援助以外なにひとつ約束などしなかった。それなのに、わたしが勝手に心のどこかで……。

「そう。でも、バンコクに行くまでここにいると言わなかったかしら？」

「そのつもりだったが、状況が変わったんだ。ああ、そんな目でぼくを見ないでくれないか。心配することなど、なにもないんだから、大事な人（テソーロ）」彼はラーラを抱きよせた。「緊急にやらなくてはならないことができたんだ。たぶん、バンコクには帰りに寄ると思う」

ラーラは疑わしそうな目で彼を見た。「ここに戻ってくる途中で、という意味？」

「そうだ。ぼくはここに戻ってくる」

アレッサンドロの目には誠実さと温かさがあふれていたが、ラーラの彼を見る目は険しかった。

「ぼくの言うことが信じられないのか？」

「信じるわ。あなたがそう言うなら」

でも故郷のイタリアに戻ったら、何カ月、いや何年も戻ってこないかもしれない。昨日のさよならを最後に、ヴィヴィももう彼に会えなくなるの？　たった二日の思い出だけで、娘は心のなかに永遠に彼の面影を刻んでおくことができるのだろうか。

それでもラーラはできるだけ気丈にふるまおうとした。「飛行機の時間は何時なの？　空港まで見送りに行くわ」

「いや、その必要はない。ぼくはすぐに戻ってくるんだから」

「いいえ、ヴィヴィはあなたにさよならを言う必要があるわ」

だが、六年たったいまでもさよならは辛かった。ヴィヴィのためにもなんとか笑って見送ろうとしたが、空港で彼に抱きしめられたとたん、涙が止まらなくなってしまった。彼がヴィヴィを抱きあげてキスをするのを見たときは、なおさらだった。

「電話するよ」アレッサンドロも喉をつまらせて言うと、出国手続きのカウンターの奥に姿を消した。

「残念としか言いようがないわね」その夜遅く、グレタが言った。「大いに期待していたんだけど」

「でも彼は帰ってくるのよ」

だが、グレタは悲しそうだった。「そうだったわね。あなたがそう思っているなら、それでいいわ」

母親の言葉に、ラーラはますます沈みこんだ。

職場でも、ラーラはまるで生気を失っていた。

「しっかりしなさい」ドナチューラがラーラのデスクまでやってきて言った。「彼は帰ってくるわ。なにしろ、ここの代表取締役だって決めていないのよ。なんだか、彼は自分で……」

「自分でなに？」ラーラがたずねた。

「なんでもないわ。忘れて」

ドナチューラはなにを言いたかったのだろう？

ラーラは首をかしげた。

水曜日の夜、夕食のときに電話が鳴って、ラーラの胸は期待で膨れた。そして、今度ばかりはその期待が裏切られることはなかった。

「やあ、テゾーロ」アレッサンドロの低い声がチョコレートのように甘く響いた。「いまなにをしているんだい？」

ラーラはうれしくて空まで舞いあがりそうな気分だった。「三人で夕食をとっているところよ。あなたは？」

「残念だな。いまきみがなにを着ているか聞こうと思ったけど、そばにはヴィヴィがいるんだね？」

「ええ、あなたの言葉をひとことも聞きもらすまいと、耳をそばだてているわ」

電話の向こうでアレッサンドロの笑い声が響いた。「それはいい。おかげでぼくは、清く正しくいることができるわけだ。ところできみは、パスポートを持っているかい？」

「えっ？」

「バンコクまで来てほしいんだ。来てくれるよね、ラリッサ？」

「パスポートは持っているけど……ヴィヴィをおいていけないことくらい、わかっているでしょう？」

「もちろん、ヴィヴィも一緒だ。頼む、テゾーロ」

「でも……」不安と喜びと興奮がいちどきにラーラを襲った。「いつ？　それに何日くらい？」

「二週間、いや三週間だ。島の生活に飽きるまで」

「島の生活？」ラーラの声がうわずった。

「そう、ぼくたち三人だけの生活だ。どうだい、来てくれるかな？」彼の声には、これ以上待てないといった響きがある。「ラリッサ？」

ラーラはヴィヴィと母親の顔を見つめた。ふたりとも会話の内容を聞きとろうと必死だ。

「ええ、アレッサンドロ。行くわ」

巨大な乗り物は滑走路に降りたつと、轟音(ごうおん)をあげながら徐々にスピードをゆるめた。ラーラは大きく息を吐き出した。ああ、無事到着したわ。

ヴィヴィが隣でもぞもぞと体を動かした。エアーベッドはたたまれていたが、座席でまた眠りこんでいたのだ。ラーラはヴィヴィを安心させるように手で軽くぽんぽんとたたくと、大きなバッグの中身を確かめた。お金、パスポート、ホテルの予約証、サングラス、そしてカイリー・ミノーグ人形……。

ラーラはヴィヴィの手をしっかりと握って入国審査の列に並んだ。時を追うごとに興奮で胸がどきどきしてくる。彼は迎えに来ているだろうか？

メイン・コンコースに出てあたりを見まわすと、長身でハンサムな男性が大股で近づいてきた。

アレッサンドロは両手を大きく広げてふたりを抱きよせると、ヴィヴィにキスをした。それから息ができなくなるほど強くラーラを抱きしめ、キスをした。

「驚いたかい？　それとも、怖かったかな、テゾーロ？　こうして来てくれるなんて、きみは勇気がある。それから、きみもね、ヴィヴィ。ぼくの代わりに、ちゃんとママの面倒を見てくれたかな？」

空港の出入口を出ると、アレッサンドロはふたりを待っていたリムジンに案内した。熱い空気が三人を包みこむ。上空は分厚いスモッグにおおわれ、怒れる太陽だけが真っ赤に燃えていた。

「今夜は、ここバンコクに泊まる」アレッサンドロが言った。「そして明日、島に飛ぶ予定だ」

ヴィヴィが目を丸くした。「島？」

「そうだよ、ヴィヴィ。さんご礁に囲まれた島で、真っ白な砂浜があるんだ。きれいな魚がいっぱい泳いでいて、小舟も浮かんでいるよ。そしてそこには、地球上でもっとも穏やかな人々が住んでいる」アレッサンドロが目を細めて言った。「近くには、お猿さんもいるよ」

「お猿さん」

アレッサンドロは笑いながらヴィヴィにキスをし

てラーラの手を握った。「会いたかったよ」

長い一日が終わろうとしていた。今日の昼、三人は小舟に乗って猿の出てくる浜辺を訪れ、観光客が油断している隙を狙っては、いたずらや悪さをする猿を眺めて過ごした。

「ヴィヴィは眠ったよ」

ラーラがかやぶき屋根の離れで海を眺めていると、アレッサンドロが近づいてきてピンク色の冷たい飲み物を手渡し、横のラウンジチェアーに長々と体を横たえた。

「お猿さんはかわいいけど、手がかかるわね」彼女はそう言うと、彼の腿に手をおいた。

彼はかすれたような笑い声をあげた。「ああ、よくおぼえておくよ」

「忠告はしたはずよ」

「ああ。でも、それがどんなにすばらしいことかまでは言わなかったね」

「本当に？」

アレッサンドロはラーラにキスをした。「ああ、本当だ」

髭を剃らなかった彼の顎には濃い影が落ち、海賊のような魅力をかもし出していた。

「ところで、ラリッサ」アレッサンドロが言った。「スティレット出版社の新しい代表取締役なんだが、なかなかぴんとくる人物がいなくてね」

「ひとりも？」

「ああ、みんな若すぎる。おまけに……半数の候補者はクリケット選手みたいだ」

ラーラはあきれたように彼を見た。「それって、いけないことかしら？」

アレッサンドロは彼女を見つめ、まじめな顔で言った。「もう少しふさわしい人物がいてもいいと思うんだ」

ラーラは飲み物を口に運んだ。「なんだか心あたりがありそうな口ぶりね」それから、はっとしたようにきいた。「もしかして、あなたが……？」

「そのとおり。いま会社は徹底的なてこ入れを必要としていて、あいつらの手には負えないと思ってね」アレッサンドロはラーラの髪を指に巻きつけて軽く引っぱった。「イタリアに帰ったのも、そのためなんだ」

ラーラはぱっと体をおこした。「本当？　信じられないわ。じゃあ、あなたは当分シドニーに残るのね？」心臓が口から飛び出そうだ。これまでの愚かな夢が一挙によみがえってくる。

「ああ、そうしたいと思っている。少なくとも、ヴィヴィが小学校を出るまで。あとのことはそのときに考えればいい。ヴィヴィには、ヨーロッパ人の血が半分流れている。だから、ヨーロッパの家族のことも知ってほしいんだ。まあ、しばらくは休暇に訪れるとか、向こうからも来てもらうとかして……」

休暇をヴェネツィアで過ごすと思っただけで、ラーラは胸が躍った。「だったらあなたは、わたしたちと暮らすつもりなのね？　ずっと？」

アレッサンドロは真剣な目でラーラを見ると、彼女の手を握りしめたまま言葉を探していた。「シドニーで一緒に暮らせるかどうかは、たったひとつのことにかかっている。ラーラ、ぼくはきみを愛している。そして思ったんだ。もしここで三人一緒に暮らせれば、きみもきっと、これからもずっと一緒に暮らしていけるって思ってくれるだろうって」

「ああ、アレッサンドロ。わたしがあなたを愛しているのは、知っているでしょう。これ以上の幸せはないわ」

アレッサンドロの温かい瞳がやさしく輝いた。ラーラが身を乗り出してアレッサンドロにキスをすると、彼も彼女をきつく抱きしめてキスを返した。だが彼はそっとラーラを押しやった。

「ぼくをその気にさせるのは、ちょっと待ってくれ」アレッサンドロは息をはずませて言った。「その前に、するべきことがある」

彼の顔は真剣そのものだった。

「旧式だと笑いたければ笑ってもいい。それでもぼくは我が家のしきたりに従いたい」アレッサンドロはそう告げると、かつてのヴィンチェンティ家を貴族にまで押しあげた、誇り高い海賊の船長を髣髴とさせる顔つきで言った。「ヴィンチェンティ家は、たいていのことには寛容だ。しかしひとつだけ、どうしても守らなくてはならない掟がある」

「えっ?」

アレッサンドロは彼女の手を取ると、その甲にキスした。「ヴィンチェンティ家の男は、愛する人を見つけたら必ず結婚することになっている。古くさいと思われるかもしれないが、それはぼくにとっても大切なことなんだ。それに、愛する人を侯爵夫人にできないのなら、侯爵でいる価値などどこにあると思う?」

ラーラは笑った。「あなたほどの人なら、これまでにも山ほど申し出があったと思うけど?」

彼はにやりとした。「たしかに、ひとつふたつはあったけど、誰もがこちらの言いなりで、いまひとつぴんとこなかった」

「ぴんとこなかった? 絶対にその人でなければだめだって思えなかったってことね? もし言いなりがだめなら、つむじ曲がりはどう?」

「そのとおり」彼は笑った。「きみをつかまえるのに、ぼくはどれだけ苦労したことか、テゾーロ。だから、どうしてもきみをつかまえておく必要がある。ぼくたちが互いに運命の相手だということを永遠に確かなものにしておきたい。ぼくの言いたいことがわかるかい?」

ラーラはアレッサンドロのほほ笑みのなかに、彼がこれまで味わってきた苦悩を感じとった。わたしが約束の場所にあらわれなかったせいで、彼はずっと癒えることのない苦しみを抱えつづけてきたのだ。

アレッサンドロがラーラの顔をよく見ようと、ラウンジチェアーに肘をついて体をおこした。「ラリッサ、ぼくはきみに、ぼくの妻に、そして家族の一員になってもらいたい。もう二度ときみを失いたくないんだ」

「ああ」ラーラの目に涙があふれ、すべての輪郭がぼやけた。

彼がビーチタオルの端でラーラの頬を拭った。

しばらくしてラーラはようやく言った。「その気持ち、よくわかるわ、アレッサンドロ。わたしも愛する人にめぐり逢えたら喜んで一緒になるわ」

「本当かい？　本当にいいんだね？」彼はそう言って、恐ろしいほど真剣な顔つきで彼女を見た。「だったら……その……ぼくはどうかな？　ぼくと結婚してくれるかい？」

「ああ、ダーリン！」ラーラは叫んだ。「もちろんよ！」

アレッサンドロの唇から震えるようなため息がもれた。「神様、感謝します！」彼はラーラを力いっぱい抱きしめて髪をなでた。「きみはもうなにも心配しなくていいよ。約束する——ぼくたちは必ず幸せになれる。だって、愛しあっているんだから。ヴイヴィも幸せになれる。ぼくがふたりを幸せにする。みんな幸せになれる。きみのお母さんも……ぼくの母も……」そう言って彼はにやりと笑った。「それは結婚式でふたりが顔を合わせるまでわからないかな？」

「ああ、とても想像できないわ」ラーラが不安そうに言った。「メドーズ家は華やかな場所には慣れていないの」

「大丈夫、テゾーロ。すべてヴィンチェンティ家にまかせればいい。きみがいいと言えばだが」それから急いで続けた。「それに家も決めないと」

「家？」

「ぼくたちの住む家だよ。どこか住みたいところはあるかい？　ぼくは海の見えるところがいいな。幼いころからずっとそうだったから。きみはどう？」

ラーラはうなずいた。「シドニーに戻ったら一緒に探しましょう」

彼がいたずらっぽく目を輝かせた。

「それから、ハネムーンの計画も」

東の空に月がのぼりはじめた。ふたりはラウンジチェアーに横になって波の音に耳をかたむけ、暖かい風を肌に感じながらハネムーンに思いをはせた。

ラーラはアレッサンドロの腕に抱かれ、首筋に彼の唇を感じながら、満天の星が輝く南国の夜空を見つめ、与えられたすべての宝物に感謝した。

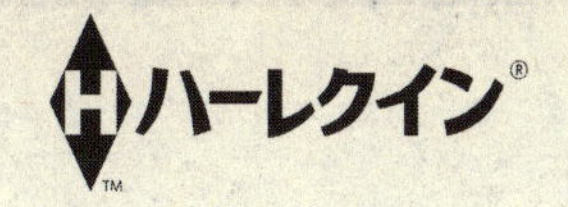

侯爵に言えない秘密
2016年4月20日発行

著　者	アンナ・クリアリー
訳　者	すなみ　翔（すなみ　しょう）
発行人	立山昭彦
発行所	株式会社ハーパーコリンズ・ジャパン 東京都千代田区外神田 3-16-8 電話 03-5295-8091（営業） 0570-008091（読者サービス係）
印刷・製本	大日本印刷株式会社 東京都新宿区市谷加賀町 1-1-1
デジタル校正	株式会社鷗来堂

ISBN978-4-596-51703-6 C0297

◆◆◆◆ハーレクイン・シリーズ 4月20日刊 発売中

ハーレクイン・ロマンス
愛の激しさを知る

眠れぬ夜の情熱 **(大富豪の結婚の条件Ⅰ)**	ジェニファー・ヘイワード／東　みなみ 訳	R-3151
ギリシア富豪と愛の結晶	ジュリア・ジェイムズ／萩原ちさと 訳	R-3152
天使のためについた嘘	ダニー・コリンズ／小泉まや 訳	R-3153
十九歳の純潔	キャロル・モーティマー／松尾当子 訳	R-3154

ハーレクイン・イマージュ
ピュアな思いに満たされる

一夜にできた秘密	キャンディ・シェパード／宇丹貴代実 訳	I-2415
愛は深く静かに **(ベティ・ニールズ選集8)**	ベティ・ニールズ／泉　由梨子 訳	I-2416

ハーレクイン・ディザイア
この情熱は止められない！

侯爵に言えない秘密	アンナ・クリアリー／すなみ　翔 訳	D-1703
大富豪の忘れえぬ妻	イヴォンヌ・リンゼイ／佐藤奈緒子 訳	D-1704

ハーレクイン・セレクト
もっと読みたい“ハーレクイン”

二人だけの誓い	スーザン・アレクサンダー／前田雅子 訳	K-394
天使が生まれた日	ビバリー・バートン／速水えり 訳	K-395
気高き愛人	ジャクリーン・バード／早川麻百合 訳	K-396

文庫サイズ作品のご案内

◆ハーレクイン文庫…………毎月1日発売

◆MIRA文庫………………毎月15日発売

※文庫コーナーでお求めください。

4月26日発売

ハーレクイン・シリーズ 5月5日刊

ハーレクイン・ロマンス
愛の激しさを知る

授かりし受難 (噂のギリシア大富豪1)	リン・グレアム／槙　由子 訳	R-3155
メイドを拾った億万長者	キャロル・マリネッリ／漆原　麗 訳	R-3156
砂の檻	ケイトリン・クルーズ／水木はな 訳	R-3157
百万ポンドの偽の花嫁	シャンテル・ショー／柴田礼子 訳	R-3158

ハーレクイン・イマージュ
ピュアな思いに満たされる

奇跡を宿したナース	アリスン・ロバーツ／小林ルミ子 訳	I-2417
ガラスの靴のゆくえ (ギリシアの花嫁Ⅰ)	レベッカ・ウインターズ／後藤美香 訳	I-2418

ハーレクイン・ディザイア
この情熱は止められない！

無垢な乙女の変身 (予期せぬウエディング・ベルⅢ)	アンドレア・ローレンス／八坂よしみ 訳	D-1705
冷たいボスに片想い (地中海のシンデレラⅠ)	ジャニス・メイナード／野川あかね 訳	D-1706

ハーレクイン・セレクト
もっと読みたい"ハーレクイン"

愛を拒むひと	エマ・ダーシー／三好陽子 訳	K-397
愛の虜	サラ・ウッド／田村たつ子 訳	K-398
白いページ	キャロル・モーティマー／みずきみずこ 訳	K-399

ハーレクイン・ヒストリカル・スペシャル
華やかなりし時代へ誘う

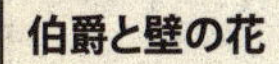

伯爵と壁の花	ジャニス・プレストン／高山　恵 訳	PHS-134
ハーレムの花嫁	アン・ヘリス／沢田　純 訳	PHS-135

※発売日は地域および流通の都合により変更になる場合があります。

ハーレクイン・シリーズ

おすすめ作品のご案内

5月5日刊

人気作家

リン・グレアムの描くシークレット・ベビー

グレイスは従姉に強引に同行させられた旅行先で、ギリシア人富豪レオに出会う。一目見た瞬間に運命的な情熱を感じ、バージンを捧げてしまうが彼は……。

リン・グレアム

『授かりし受難』

〈噂のギリシア大富豪 1〉

◉R-3155　ロマンス

一夜の恋

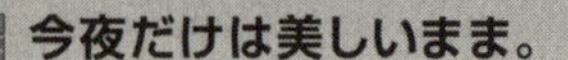

今夜だけは美しいまま。

病に倒れた母を抱え、明日には自分の体を犠牲にして生計を立てなければならないベラ。穢れてしまう前に、せめてずっと好きだった人と結ばれたい……。

キャロル・マリネッリ

『メイドを拾った億万長者』

◉R-3156　ロマンス

運命の出会い

二人は出会う前から結ばれていた。

匿名の精子提供で妊娠した看護師ハリエットは急に産気づき、居合わせた医師パトリックの助けで緊急出産する。2年後、職場で再会するが、彼女の息子はどこか彼に似ていて……。

アリスン・ロバーツ

『奇跡を宿したナース』

◉I-2417　イマージュ

ロイヤル

人気作家競演の6部作スタート！

アルマ国のPR担当マリアは、出張先で上司アレックスと情熱的に結ばれる。しかし、愛し合いながらも貴族出身の彼との身分違いに悩み……。

ジャニス・メイナード

『冷たいボスに片想い』

〈地中海のシンデレラ I〉

◉D-1706　ディザイア

リージェンシー

日本デビュー作家が描く伯爵との愛なき結婚

訳あって結婚を望むフェリシティに、魅力的な伯爵リチャードとの縁談が持ち上がる。家庭の不幸から愛を遠ざけてきた彼女は、惹かれてしまうことを恐れて一度は拒もうとするが……。

ジャニス・プレストン

『伯爵と壁の花』

◉PHS-134　ヒストリカル・スペシャル